야생

이향지

1942년 경상남도 통영에서 태어났다.

1989년 『월간문학』을 통해 시인으로 등단했다.

시집 『팔호 속의 귀뚜라미』 『구절리 바람 소리』 『물이 가는 길과 바람이 가는 길』 『내 눈 앞의 전선』 『햇살 통조림』 『야생』, 에세이집 『산아, 산아』 『북한 쪽 백두대간, 지도 위에서 걷는다』를 썼다.

현대시작품상을 수상했다.

파란시선 0114 야생

1판 1쇄 펴낸날 2022년 11월 1일

1판 2쇄 펴낸날 2024년 1월 1일

지은이 이향지

디자인 최선영

인쇄인 (주)두경 정지오

펴낸이 채상우

펴낸곳 (주)함께하는출판그룹파란

등록번호 제2015-000068호

등록일자 2015년 9월 15일

주소 (10387) 경기도 고양시 일산서구 중앙로 1455 대우시티프라자 B1 202-1호

전화 031-919-4288

팩스 031-919-4287

모바일팩스 0504-441-3439

이메일 bookparan2015@hanmail.net

ⓒ이향지, 2022, printed in Seoul, Korea

ISBN 979-11-91897-39-5 03810

값 10,000원

•이 도서는 한국문화예술위원회의 2022년 아르코문학창작기금(발간지원) 사업에 선정 되어 발간된 작품집입니다.

야생

이향지 시집

시인의 말

다가가기 위해 더듬이를 세웠으므로, 매 순간이 새싹이었다.

나의 시, 나의 실천. 이루었거나 못 이룬 진수들. 미완성인 채로
언제 손을 놓아도 억울할 것 없을 포트폴리오다.

2022년 가을
이향지

차례

시인의 말

제1부

제1부

부족하나 불평 없기를
―프롤로그

나에게는 병이 없습니다 쓴다는 것이 나에게는 병이 있습니다 쓴다 이것이 나의 병입니다

쓰다 만 시 살다 만 사람 먹다 만 밥 울다 만 울음 돌려주지 못한 나의 병이 있습니다

틈으로 바람 불고 틈으로 자동차 달리고 틈으로 풀이 돋고 틈으로 꽃이 지고 틈으로 가던 길이 오는 길이 되는 나의 병이 밤처럼 깊어 갑니다

갈증이었습니다 봄은, 활짝 열린 여름도 비슷하였습니다 가을은 어중간히 걸쳐 입은 반코트처럼 한쪽으로만 흘러내립니다
몸이 살기 위하여 숱한 이사를 감내하던 늙은 노동자의 손바닥을 말없이 쓰다듬어 줍니다 고맙다 한 번도 소리 내어 인사한 적 없는 나의 병 있는 곳을 벼락처럼 깨닫습니다

나의 병은 귀가 얇은 데다 귀뚜라미까지 살리고 있어서 옛날 어머니처럼 귓바퀴에 손바닥을 오그려 대며 몇 번씩

되물어야 합니다

나의 병은 눈이 어두운 데다 볼록렌즈까지 걸치고 있어서 스쳐 가는 사물마다 초점을 고쳐 가며 고쳐 읽어야 합니다

나의 병은 작은 행위에도 부가가치세를 내며 꼬박꼬박 바쳐 온 징표들입니다 칭찬 내지는 훈장 받아 마땅한 나의 병이 어째서 병 같지 않은 병일까요

나의 입은 이상이 없습니다 나의 입은 자신의 소명에 가장 충실합니다 종종 반찬 없는 밥을 끊고 물조차 끊어야 하는 일이 생깁니다만 내 입에 맞지 않으면 본 척도 들은 척도 않을 자유 누구에게나 있지 않나요 나의 병에게도 그런 혹독한 자유를 주고 싶습니다

한번 얽힌 실타래 한번 흩어져 버린 퍼즐 나의 병에게도 섬세하고도 끊어지지 않는 손길이 있어야겠습니다

나의 병도 명주실도 잘 잦던 옛날 어머니처럼 한쪽 눈을 지그시 감고 한쪽 이빨로 끊어 보고 싶습니다

돌려 드려도 돌려받을 수 없는 시간 속으로 얽힌 실타래째 돌아가는 중

퍼즐은 쉽습니다 퍼즐은 빠진 자리에 다시 끼워 맞추기만 하면 되니까요

퍼즐이라고 무한정 시간을 주지 않습니다 이것이 나의 가장 미약하나 큰 병입니다

또 있습니다 구구단을 왜 잊어버립니까 애써 불러내지 않아도 술술 나오는 구구단

눈 감고도 불러 줄 수 있던 나의 주소 나의 이름 나의 전화번호 나의 주민등록번호 들이 한꺼번에 나를 부정하던 순간을

부정당하고 있는 나의 강도 맞은 듯한 정체성에 대하여 나의 입은 왜 계속 어어 소리만 질러 댔는지

아무 조치도 해 주지 않는 방관자들에 대하여

용서받아야 할 자가 왜 또다시 나여야 했는지

내가 나를 다시 찾아 들고 내가 정말 나인가 묻고 또 묻고 있는 이것이 여전한 나의 병입니다

아닌 것을 아니라고 할 수 있는 동안만 나는 병이 없습니다

그마저 인정받지 못할 때 사람이 사람이 아니게 되는

것을 보았습니다

　나에게는 병 없습니다
　희망이란 얼마나 많은 사람이 동시에 원하는 생물인지
알게 되었으므로

　부족하나 불평 없기를

제2부

시 11

암흑은 부드럽다
새벽의 암흑은 한없는 아량으로
구멍일 뿐인 눈동자
전혀 선의가 느껴지지 않는
눈동자들의 방문을 받아들인다

꽃을 털어놓아라 나의 말로 나를 꺾어 네 크리스탈에 꽂
아 다오 아침마다 얼음 띄운 물을 부어 다오 내가 하루를
사는 동안 너는 천년을 떠돌아 살아 다오 네가 정말 암흑
일 때 밝은 목소리와 뜨거운 입술로

열외

—

다리 한쪽을 다치니 신발 한쪽이 남는다

곧추설 때마다 쏟아지듯 아픈
뜬 발을 앉히려고
남는 신을 변기 옆에 갖다 두었다
하루에 몇 차례 뒤꿈치를 살짝 대이는 것만으로도
신발들은 묵묵히 열외를 견딘다

심장보다 발을 높이 들어 올리고
목발 둘과 나란히 드러누워 있으니
창밖의 새는 더 높이 더 가볍게 날고
자동차들은 더 빨리 더 큰 소리로 달린다

내 등 아래서 네 발을 힘껏 구부려
넓적한 등을 빌려주는 침대

부스스한 코끝에 아카시아꽃 향기를 달고
가장 길고 높은 잠을
자고 또 자는 한때

—

누운 몸 둘레에서 쑥쑥 자라나는 잔디

작은 상자

꽃밭을 떠났다
녹슨 톱과 헐렁한 망치와 삐딱한 의자를 싣고
작은 상자 수리하러

몸 없는 새가 안 보이는 새장을
상자 안으로 옮기는 것을 보고
호수 언덕 북향 비탈로부터 작은 상자 안까지
꽃 진 능소화 줄기를 끌고 왔는데

낡은 것들의 견고함
다 고칠 수 없네

내 망치가 내 손등을 치니 비명을 지를 수도 없고
내 의자가 내 발을 걸어 넘어뜨리니
소리 내어 울 수도 없다

주먹을 쥐고 있을 때가 좋았지
결심 풀린 빙판

던져지는 돌들을 다 받아 가라앉혀야 하는 호수의

얼굴

작은 상자 안으로 스스로의 새장을 들고 들어온
새소리

백 년 동안의 고독

—

나뭇잎보다 가벼울 것
속눈썹보다 가벼울 것
바코드가 지워지지 않게 조심하시오

모르고 과적했다
모르고 이마를 박박 문질러 씻었다
나는 나뿐
조작하지 않았소
내 이마를 벗겨 보시우

나의 이름이 나를 모른다고 하므로
나의 가족이 나를 모른다고 하므로
내 가죽을 찢어서라도 나를 좀 찾아 주시우
막대기 하나가 훼손된 바코드
이 참담한
불변

해가 져도 다리 뻗고 누울 곳이 없네
캄캄한 나뭇잎 한 장 오그려 덮고
온몸을 비틀어 짜서 얻은 독을 전신에 바르지

내 독은 다행히 무척 맑고 뜨겁고
식을수록 카랑카랑 내 눈에만 보이지
막대기 하나가 훼손된 바코드

기억은 파도 속으로 또 다른 파도를 밀어 넣고
속수무책 그 파도를 전신으로 넘었네

바코드가 무엇인지 모를 때의 어머니
좁고 캄캄한 화물선 속으로 내 이마를 밀어 넣었지
부두에 닿을 때까지 이마를 짓찧으며 구토를 했지
그 밤 그렇게 아낀 뱃삯으로 골뱅이 파마를 풀었지
막대기 하나가 훼손된 주홍 바코드

유일한 증인인 어머니도 돌아가시고
나조차 나를 모른다고 하네

나는 누구이며
어디로 가는 중이었을까
나의 국적 나의 모국어는
무엇에 소용되는 바코드인가

지나간다

일요일과 화요일 사이에
눈이 내렸다 첫눈이라고도 했다
월요일이라고도 했다
바람에 실렸다고 풍설이라고도 했다
보이는 것마다 희끗희끗 콜록거리기 시작했다
서울로 가야 하는데 모든
'첫'에는 거품이 섞여 있었다
모든 미끄러움의 시작

운전하시겠어요,
비밀번호를 바꾸어야 해
요,
꼭

조심조심 고개를 넘어
함박눈과 싸락눈 사이로 우회전
좌회전했다
미소를 흘리며 직진할 차례였는데
바로 앞차가 우뚝 서 버렸다 바로 그때
내가 잡고 있던 복권의 순서가 지나가 버렸고

24

주유원의 손짓 따라
후진
후
주유
후
결제했다

바라는 바는 아니었지만
악화가 양화를 구축했다

바로 그때 내가 쥐고 있던 비밀번호가 맥없이 풀려 버
렸고
세상이 어루만질 수 없도록 어두워져 버렸고
가는 길이 오는 길이 되고 말았다

나는 벌써 과거다
벌써 목요일 지나간다, 그게 뭐 어때서

나는 내 몸이 나를 모른다고 할 때까지
거듭거듭 비밀번호를 바꿀 것이다

오토 컨베이어벨트

가로세로 포개진 칸칸마다 암탉들이 고고거린다
철망 속의 미혼모들

태어났다는 말에는 태어나게 하겠다는 무언이 얽혀 있
다

교미한 적 없는 암탉들이 낳은 달걀은 생명인가 식자재
인가 오토 품품인가

집란 회로에 무정란 한 알씩 꼬박꼬박 떨어뜨려 주는 양
계장 암탉은 천치인가 천사인가 AI 노예인가

입으로는 쉴 새 없이 물과 사료를 취하고 산도로는 알
을 밀어내는 오토 컨베이어벨트

실수로도 병아리 한 마리 걸어 나오지 않는 무정한 무
정란 컨베이어벨트

날개 달린 원금은 철망에 감금시켜 놓고 갓 낳은 이자
만 집어 가는 오토 컨베이어벨트

달걀은 암탉의 자식뻘인데 허기 채우기에만 급급한 닭대가리들

금욕주의자들의 지구에 메마른 산란이 계속되고 있다

논물에 풀어놓은 숫개구리들의 합창만 귀 따갑게 흰 구름 휘젓는다

입장의 차이

삶은 계란으로 날계란 치는 건 반칙이야
누가 그래? 공장 계란 주제에
날계란이 알아서 구르고 기었어야지

날계란으로 날계란 치기는 소동이야
너는 언제나 네 말만 하고 손가락 하나도 까딱 안 하잖아

삶은 계란도 울었지
깨트린 건 내가 아니야
힘이 내 죄를 만든 거야
힘은 투명해서 보이지 않아, 힘의 죄도

유정란도 펑펑 울었지
병아리가 되기도 전에 나는 익어 버렸어
암평아리 365개 넘게 들어 있는 알주머니까지 엉엉

모이통에 주둥이를 박고 있는 암탉들은 몰랐지

약병아리들도 노계도 닭장차도 병아리 감별사도 몰랐지

닭똥도 닭똥 나르는 손수레도 계란 나르는 컨베이어벨트도 조작하는 사람도 공장 건물의 그늘도 부도수표도 차압 딱지도 공장 둘레 졸참나무 이파리들도 만발한 애기똥풀꽃도 뻐꾸기 울음소리도 논바닥 헤매는 다슬기도 다슬기 뿔에 걸린 뭉게구름도

다 이유가 있어
다 할 말이 있어
다 말할 수 있게 해야 해
아니야 입장의 차이가 너무나 컸어

평균의 맛

장전동 골목길에서 국화빵 열 개를 사 먹고 자취방으로 뛰어가서 김치 열 쪽을 먹어도 어깨는 올라가지 않더라

논현동 삼겹살집에서 상춧잎에 쌈장 놓고 구운 삼겹살 얹고 생마늘 풋고추 소주와 함께 먹으니 어깨가 으쓱 올라갔다

장소가 아니라 거리였다 국화빵과 김치 사이가 너무 넓었다 사이와 동안이 너무 동떨어졌다 뜨겁고 단맛과 차갑고 신맛이 한 뱃속에서도 모서리를 세우며 각각거렸다

상추와 쌈장과 삼겹살과 소주는 바로 앞에 있었다 오글오글 둘러앉아 너 한입 나 한입 넣어 줄 수가 있었다 날것과 익은 것, 건더기와 액체가 즉석에서 두리뭉실 어울렸다

두리뭉실 어울려서 두리뭉실 쌈을 싸서 꿀떡꿀떡 넘기고 있을 때 어깨가 으쓱 올라갔다 천 평이 수평을 이루었다

거미

거미를 좋아하지 않는다. 거미를 좋아할 이유는 열 가지도 넘지만, 싫어할 이유도 그만큼은 된다. 거미 눈과 내 눈이 딱 소리 나게 마주친 적이 있다. 땅거미였는데, 두 눈이 딱 소리 나게 마주친 거다. 거미도 나도 얼어붙었다. 초점과 초점 사이에서 불이 일었다. 푸른 불꽃이었다. 내가 먼저 초점을 옮겨서 불꽃을 거두었다. 그제야 땅거미가 움직였다. 한 마리가 아니었다. 한 마리의 땅거미가 움직이자 그에 딸린 대군이 움직였다. 걸음아 나 살려라가 아니었다. 서열별로 한 줄 종대를 이룬 그대로 보폭을 맞추며 줄줄이 따라갔다. 그 이사가 그렇게 아름다웠다. 거미 눈이 밝고 맑다는 것을 처음 알았다.

격리

코로나 좋아하는 사람들
내장 깊숙이 스파이크를 꽂는 바이러스 코로나는
서로 안 쓰려고
거리를 두고 걷는다

창밖에선 벚꽃이 피는데
무더기무더기 만발해 버렸는데
민폐를 끼칠 수 없으니 공적 마스크 구하러 나왔다

줄을 선다
긴 줄 끝에 선다
마스크 줄은 침묵의 줄

어쩔 수 없는 몇 걸음
어쩔 수 없는 꽃잎 몇 줌
벚꽃 여울에 섞인다

내려서 쌓여도 아무도 건너지 않아 더 눈부신 꽃여울
등산화로 밟기에는 너무 미안한 벚꽃 카펫
떨어진 벚꽃 잎처럼 떠내려가지 않으려고 난간 붙잡

는다
　하늘하늘 내리는 벚꽃비 손바닥으로 받아 보고 싶지만
　면장갑 낀 손으로 마스크 끈을 조일 뿐이다

　봄이 가네
　2020년 봄 벚꽃 잎 같은 모두의 봄이
　격리에 지친 얼굴과 겹쳐서 떠내려간다

　지구는 작은 별
　지구는 인간처럼 허파를 앓고 있는 별
　인간이라는 동물들로부터 살아남기 위하여
　박쥐는 박쥐대로 천산갑은 천산갑대로
　바이러스는 바이러스대로
　새로운 숙주를 발견하고 또 발명해 낸다

증발

장독대에 있어야 할 항아리가 산의 입구까지 올라와 있
다
엉성한 잡풀 틈에 둥근 엉덩이 내려놓고
별을 따려는지 달을 따려는지 가로등이 화등잔만 해져
도 내려갈 생각을 않는다
산과 마을의 경계에서 어느 쪽으로도 기울지 않은 자세
석양 무렵이면 거울처럼 발광하는 가슴
뚜껑이 열린 속에 무슨 생각이 들었는지
어떤 더께를 씻으려고 여름내 세찬 비를 다 맞았는지
말문을 틀 만큼 낯익어 가는데 문득 사라지고 없다
전날 오후 산길을 내려오던 노부부가
멀쩡해? 멀쩡해! 지팡이로 타진하더니
올겨울 김장을 버무려 앉히려고 끌고 갔는가
어느 집에선 쓸모없어 밖으로 내놓고
어느 집에선 쓸모를 찾아 안으로 들여간다

내 눈에는 다른 생을 꿈꾸며 탁마 중인 텅 빈 악기로 보
였는데
어떤 눈에는 임무를 벗어던지고 가출한 며느리나 아내
쯤으로 보였나 보다

해도 달도 별도 바람도
한꺼번에 떨어져 내리는 낙엽들도
시든 꽃과 풀잎들도
항아리가 파 놓은 공터 쪽으로 기울이는 저녁

비움과 채움의 갈피
댕댕댕댕댕댕
사라진 항아리 따라오며 종소리 낸다

중년

너일 수도 있고 나일 수도 있다
아직 한참 멀었다고 남의 일처럼 돌아보지도 않던
어중간한 그때가
이미 훌쩍 지나가 버렸다고
멀리서 흰 기를 나부낄 때나
속았구나
정색하며 알아보는
낯선 얼굴

너였구나
새치 몇 오라기 뽑아내며 엄살 부리던 푸르던 때가
오래전에 지나가 버렸음을

말문이 막힐 때마다 헛웃음 날리던
숨넘어가는 쇳소리로 헛기침 날리던 그때가
목전에 도착하였음을

아버지도 있고 어머니도 있고
아내도 있고 아들도 딸도 있는
골고루 있어서 벽을 치고 달아나고 싶은 그때가

드라마처럼 다녀가는군

어디서 무엇으로 그리 바삐 지내다
상갓집에서 바꿔 신은 신발 같은 면상을 달고 나타나서
는
권하는 대로 받아 마신 막걸리 몇 잔의 힘으로
다시
뚜벅이로

죽전(竹田)

—

    대나무를 닮으라면 빙긋이 웃는다, 아파트를 닮으라면
시세부터 따진다, 가르쳐 주지 않아도 큰 평수와 작은 평
수는 같이 놀지 않는다, 하루에 이백 미터도 못 걷는 노
인은 대꽃이 뭐냐 오히려 묻는다, 그 동문서답 자리에 죽
전이 있다

    대꽃이 피면 죽는다는 대나무
    죽지 않으려고 꽃을 참아 왔을 왕대나무들
    푸른 바람에 홀려 깜짝 대꽃 피던 날
    한꺼번에 말라죽은 대밭 자리일까
    왕대밭 뿌리처럼 질긴 인드라망
    왕창 망가진 자리
    우후죽순처럼 돋아난 건물들
    길이 사람을 부르고 사람이 이름에 매달린다

    대꽃이라도 피우고 죽지
    풀리고 내려가는 길은 쉽다
    강남을 거슬러 죽전까지
    구렁이 터널을 몇 천 번은 뚫었을,
    죽전은 왜 가는데

—

죽전에 누가 있는데
구름이 물으면 골짜기 건너 철탑들이 둘러서서 대답

혼은 서울에 두고 새벽잠 부대끼며 다시 서울로
전철을 타거나 광역버스를 타거나 웃지 않는 사람들
잠이 부족한 어깻죽지들

죽전에 들면 죽전이 안 보인다, 메밀 베개 낮게 고이고
발을 뻗을수록 더 안 보인다, 마른 바람에 댓잎 쓸리는 소
리만 들린다, 43번 국도 포은대로 따라가면 정몽주를 만
나게 되는데 선죽교 충절도 대밭이 되어 따라온 걸까, 한
대나무가 일천 번 고쳐 죽어 일천만 평상을 깨우자는 것
일까, 장마철 주인 없는 거미줄을 건드리니 '생거진천 사
거용인' 따라 나오네, 어떤 명분도 지금 여기 현재의 소음
보다 가깝지 않다

키 큰 왕대나무처럼 깎아지른 산세 덜 펼친 병풍 모양
산세
대지 고갯마루에 차를 세우면 저 아래 더 아득히 깊은
곳 다 보인다

육안으로 다 못 보는 곳까지 보인다
불곡산 대지산 법화산 손가락 발가락 지맥들까지
좁고 깊은 골짜기 감싸고 오그린 모습,
죽전이다

대나무 줄기처럼 곧게 쏟아지는 빗줄기
때때로 유리창을 드세게 두드리는 이유
댓줄기처럼 쏟아지는 빗물 모이는 자리마다 큰 못을 만
들어
  큰 들 인근 산 들 가지 흐름 교차 지점마다 큰 못이 있
었던 것
  여러 왕조 군량미 기르던 군량전(軍糧田)에 대었을 물이
니
  땅의 역사란 물의 역사이다
  지도를 펼쳐 놓고 이치로 보아야 보인다

여기서 크게 멀지 않다 모두 천년 안에 있다
지명이건 인명이건 이름이란 얼마나 가짜가 많은가
혼돈을 피하자고 지었으나
지명(地名)은 지리(地理)를 크게 벗어나면 허구가 된다

죽전은 왜 왔는데
죽전에 누가 있는데

대나무를 길러 무기를 만들어야 했던 사람들은 피가 더
붉었을 거야
　심장이 서 근 너 근 뛰는 날이 많았을 테니까
　간이 콩 튀듯 하는 날이 많았을 테니까
　맨손으로 베어도 쓰러질 만큼 연약한 대나무는 없다
　곧고 질기고 텅텅 울리는 성품을 기려서 심었을 것이다
　마음이 마음을 받아들일 때까지
　공명통을 키우는 거다
　맑고 길고 꼿꼿한 한마디를 내어놓고 싶은 것이다
　어디에 있나요
　가장 높은 가지 끝에 허청허청 핀다는 대꽃

포효하던 짐승도 달과 구름을 담던 '죽(竹)' '지(池)'도 사
라진 죽전
　대로를 따라 들어오면 골짜기라는 것을 전혀 못 느끼
는 변화가다

대밭은 없다 '죽전(竹田)'이란 이름만 살아 있다

뜻이 좋다, 죽전도서관 입구에 심어 놓은 대나무 몇 그루

읽던 책에 끼워 놓고 잊어버린 네잎클로버처럼

빛바랜 흔적 이어 가고 있다

죽전은 없다 죽전의 죽전은 대밭이 아니다

제3부

야생

휘늘어진다는 것 배배 꼬인다는 것 보였다 안 보였다 출
렁거린다는 것 대책 없이 후끈 달아오른다는 것

노루는 발이 네 개
세어 보는 사이에 사라져 버렸다
고라닌가
강아진가
조팝나무꽃 만개하여 첩첩하니 휘늘어진
꽃가지 사이로 힐끔힐끔 또 한 마리를 이끌고

무인지경을 열고 가듯
꽁무니를 한껏 추켜올리고
사라진
두 마리 쪽으로

사방에서 꽃벽이 우거지더니
마치 아무 일도 없었다는 듯이 저쪽 수풀은 금세 입을
닫고
이쪽 수풀은 광야처럼 허물어져서는
나그네 쪽은 돌아보지도 않는다

45

길은 어디에나 없는 편이 가장 좋은 것이며

무엇을 보았는가 무엇을 들었는가 무엇을 맡았는가 무엇을 만졌는가 어디로 가던 길이었던가

묻지 않아도 다 아는 길은 가지 않는 편이 더 좋은 것이며,

부딪쳐서 깨어지면서 피 흘리면서 스스로 아물면서 아는 것

첩첩하니 휘늘어진 꽃가지 사이로

무릎과 모가지를 몹시 수그리지 않아도 될 탄력만 장착하고 있다면

괜찮다

어디든, 아무 데서나 축 축 늘어져서 감기는 비단 같은 것만 아니라면

노루가 아니어도 괜찮다 고라니가 아니어도 괜찮다

강아지라도 괜찮다

길들지 않으려고 끝끝내 달아나는

생긴 그대로를 풀어놓고 출렁거리고 휘청거리는 한때가

필요한 것이다 누구에게나

꽃을 버리고 걸었다

내가 이름을 주면 토용(土俑)이 되는 꽃이 있다

동물 속의 식물
순장지를 벗어나서 달빛을 부르는 꽃
하나를 버려야 하나를 얻을 수 있는
자유

한 송이면 된다
남한산성 서문 밖 애기달맞이꽃
햇볕 속에 있으면 된다
무엇인가 몹시 돌아보일 때는
금방 핀 애기달맞이꽃처럼
역광 속에 있으면 된다

목덜미 팔꿈치 등뼈 복숭아뼈 발가락뼈 끝까지
꽃을 매달고 부대낀 흔적
남루한 씨앗 주머니 몇 개 배꼽처럼 딸려 있는
달빛유적지

식물 속의 동물

지금, 역광 속에 있다 —

DMZ, 미루나무의 시간

초평도 스쳐 가며 알게 되었네, 미루나무가 많구나

새들은 자유롭게 풀어놓고
미루나무는 자랄수록 키를 낮추어야겠네

비무장 비전투 약속의 조건
해처럼 달처럼 새처럼 바람처럼 지나갈 수 없구나

허준 묘역에서 만난 토종 민들레 두 송이
걸어갈 힘이 없어서 고향에 남겨진 두 늙은이 같네

1953년 7월 27일에 태어난 아기가 환갑이 넘도록 막혀
있는 길
　남방한계선에서 북방한계선까지 몇 만 번 굽이치며 울
었을까

　철조망 안의 작은 꽃은 지뢰밭인 줄을 몰라서 더 청초
하고
　큰 새는 철조망 높이를 탓하지 않으니 들판보다 가볍다

생전 처음 밥 먹으러 온 사람처럼 밥이나 먹고 가는
이 허기

삼립 뗏목

어떤 보릿고개는 고갯마루 하나 없는 평지에 무한정 펼
쳐져 있었다
보리밭이 넓어도 내 보리밭은 한 뼘도 없는 사람들이
그 고개를 넘었다
끊어질 듯 허리를 동여매어도 흘러내리던 가난
윤곽이 떠오르지 않던 미래

얕은 물가로 다가가서
그 시절 뗏꾼이 아직도 오늘의 뗏목을 조종하는 능숙
을 보았다
뗏꾼들이 구령을 맞추며 젖은 뗏목을 묶었다 풀었다 옮
겼다 하는 묘기를 보았다
원시로부터 떠밀려 온 통나무들
가장 먼저 떠오르게 한 빵 냄새

기왕이면 따뜻하게 기왕이면 더 두툼하게 기왕이면 여
럿이 배불리
삼립 뗏목이라도 넉넉하게 조립해서 건너편으로 밀어
보내고 싶었다
그렇게라도 빵 냄새 이어 놓고 싶었다

보이지 않는 경계선
건널 수 없는 국경선

식빵 뗏목이라도 따뜻하게 조립해서 건너편 강물로 밀
어 보내자
뗏목의 최종 목적지 젖은 보릿고개 사라진 바다로 같이
나아가는 것이다

계란 우유 촉촉이 입힌 빵 몇 조각으로 허기를 면할 수
있다면
밥이나 한번 같이 먹자는 인사도 가깝게 주고받을 수
있지 않겠나

벌레들이 사는 집

백세주를 거푸 따라 주고 옷 속에 가득한
벌레 이야기를 한다

서캐 이 벼룩 빈대 같은 옛날 벌레가 아니라
진드기 꽃가루 바이러스 아늑함처럼
안 보이는 벌레들

"나는 현미경보다 망원경 쪽이야"
죽은 고기 썰고 도마를 씻던 두 손
와이퍼처럼 흔들며
반론을 펴지만

아파트 실내는 따뜻하다, 소파 위의 양털들은
펑퍼짐한 엉덩이를 맞대고
구김살 없이 엎드려 있다

크림빛 양털을 깔고 누워, 남의 시집을 읽다가
스르르 잠이 들면, 책 굴러떨어지는 줄도 모르고
자다 깨면

섣달그믐
거절 못 한 백세주처럼 쌓인 밤이 깊어 있고
현미경론도 망원경론도 노르스름하게 풀어져서
모서리가 닳아 가던

설을, 눈발 나부끼는 가로등 아래서
선 채로 맞는다

그러니까

손잡이 하나 남아 있지 않은 버스에 간신히 올라
같이 잡아도 될까요 물으면 반보
엉덩이를 조금 틀어서 손잡이를 조금 더 당겨 가는 반보
콩나물시루로 오를 때는 엉덩이부터 디밀어야 반보라
도 얻는 법이라고
그렇게 해야 반의반 보라도 발 꽂을 구멍이 생기는 거
라고
그렇게 해야 바짝 붙은 면상끼리 침 튀기고 불똥 튀길
일 안 생긴다고
그렇게 해야 하차하기가 한결 쉬운 법이라고
요령 없는 뒤통수가 급정거를 할 때마다 앞통수 옆통
수를 받고
바가지 싸가지 욕을 먹다 보면
바가지 싸가지 욕을 보약처럼 삼키며 갓김치 파김치 가
다 보면
어느새 시루 안이 널널해져서 없던 손잡이도 생긴다고
영원히 매달려 살 것처럼 붙잡고 있던 손잡이를 우르
르 놓고
한꺼번에 뽑혀 가 버린 빈 시루 안에는
주인 없는 손잡이들만 달랑거리게 된다고

그러니까 끝까지 가 봐야 아는 거라고
그러니까 꼬박꼬박 밥 먹으라고

그림자 낚시꾼

곧은 낚시 한 쌍과 으뭉한 지혜를 들고 중랑천으로 날아든 왜가리, 흐르는 물속에 죽은 나무처럼 지켜 서서 피라미 붕어 기다린다

우아한 왜가리 그림자에 속아, 피라미와 붕어들 왜가리 발등으로 모여든다

낚시꾼이 목을 늘여 제 발등을 쫄 때마다 버둥버둥 물고기 걸려 올라온다

물고기는 왜가리 좁은 목을 버둥버둥 넘어서 어둡고 좁다란 몸속 길로 간다

부서지며 으깨지며 몸부림치며 미끄럽고 어둡고 좁은 산도(産道)로 파도를 만들며 간다

새가 되고 싶었으나
새에게 먹히고 싶지는 않았다

우아하고 으뭉한 왜가리를 살리고 우아하고 으뭉한 왜

가리가 된다

밥과 싸우다

노부는 편자의 밥이다
편자는 때때마다 밥과 싸운다
나는 편자 옆에 발을 오그려 걸치고
편자의 밥이 되어 본다, 노부는 끼니를
철골 틈에 쌓아 두지 않는다, 쌓아서 썩는 것
반대한다, 편자는 때때 맞춰 끓이고 차리는 일
반대한다, 나는 두 반대 틈에서 두 편 다 든다
하루해가 철골의 정수리에 왔을 때
비둘기 밥이 흩어진다, 고개를 쳐들고
나뭇잎을 거저 따 먹는 기린이 아니므로,
모든 새는 먹이 앞에 공손하다, 나는 기도도 없이
편자 속으로 들어가 노부를 쫀다
노부는 그런 내 목의 글자들을 아프게 쫀다
나도 내 깃털을 지킬 무언가를 가져야겠기에
편자 모서리에 부리를 문질러
노부의 가슴을 쪼아 준다
건너편 건물 유리창이 희뜩희뜩 거울을 들어 줄 때
노부와 편자 밖으로 나와
그들 등에 얹힌 철골이 얼마나 우람한지를 본다
나무를 찾아 나무 틈에서 벌레를 잡아먹는

딱따구리의 비위를 나는 타고나지 못했다
건너편 유리창이 거울을 바로잡아 줄 때
내일 아침엔 때맞춰 수저라도 놓아야지
편자와 발을 묶어 둔다

운심리

　　신도시 얇은 아파트에서 달아나고 싶었다
　　청명 추석 성묘 때 지나던 산모랭이
　　산소보다 높은 집터
　　시묘살이하듯 기어들어 빚 갚을 때까지 살았다
　　강아지 두 마리와 큰 개 한 마리 식구였다
　　알고 보니 뒷산 돌무더기엔 연갈색 살모사도 살았다
　　알고 보니 참개구리 청개구리 노리고 드나드는 길목이
었다
　　신출내기 암캐가 살모사 텃세를 건드려서
　　목덜미가 배 둘레만 하게 부어올랐다
　　독사 독을 혼자 이겨 낸 보리는 새끼를 세 마리 낳았다
　　배 속에 한 마리가 남은 줄도 모르고
　　밥 먹어라 밥 먹어라 밥 먹일 궁리만 했다
　　개를 버리고 사람으로 갈아입었는가
　　'범소유상 개시허망 약견제상비상 즉견여래'
　　미안하다 고마웠다 탁본으로 남은 내 강아지
　　모자 하나 경치에 홀려서 샀더니
　　신발 값이 더 드는 경우, 흙투성이 노동으로 버텼다
　　집을 앉히고 남은 흙은 사람보다 긴 몸살을 앓았다

　　퇴비를 섞어 주면 퇴비 먹은 자리만 초록 말씀 나풀거

렸다

　흙은 구름보다 정직했다, 사사건건 도꼬마리 붙이며 기
죽게 했다

　싹도 한꺼번에 돋았고 꽃도 한꺼번에 고개 꺾었고

　가지도 오이도 호박도 한꺼번에 늙었다

　내가 이길 틈을 한 번도 주지 않았다

　텃밭 흙이 알마늘도 안을 만큼 달콤해졌을 때 모자를
던졌다

전쟁기념관에서

매듭을 푸는 빛의 기둥은 중심을 뚫고 일어서 있다
최초의 지구의 기울기만큼 기울어져서
최초의 시간의 기울기만큼 기울어져서
궁륭 밖 하늘은 작은 구멍으로는 보이지 않는다
창과 칼과 화살과 방패의 무덤으로 걸어 들어온 자
어두운 곳일수록 빛이 오는 쪽으로 손을 모으게 된다
고개를 숙인다 손을 모은다 눈과 귀를 안으로 연다
창칼과 화살과 방패의 무덤으로 걸어 들어온 자

우렁우렁한 물소리는 대지의 비탄을 일깨우며 온다
몇 억 광년을 곧게 달려온 외줄기 빛이
둥글게 둥글게 제 살을 깎아 온 물방울들이
한 장 유리의 이편과 저편에서 애끓는 무지개를 맞댄다
달무리 같은 북소리 어두운 유리의 저편에서 그렁그렁
운다
썩지 않는 슬픔을 흔드는 물소리…… 말발굽 소리……
물은…… 솟구치고…… 물은…… 떨어진다……
말은…… 달려오고…… 말은…… 쓰러진다……

진열장 밖의 사람을 보고도 눈을 빛내는

나무칼 돌도끼 짐승 **뼈** 활촉
저 우스꽝스런 무기들에 목숨을 기대고
누가 누구를 먼저 죽이고 나중 죽어 갔을까
어느 쪽이 피를 잃지 않고 피를 이어 갔을까
어느 쪽의 피가 더 붉고 더 뜨거웠을까

녹슨 투구의 주인도 붉은 방패의 주인도
말재갈 말안장 말가리개 박차 순금띠의 주인도
저 쇠자갑옷의 주인도 저 경배갑옷의 주인도
저 각궁(角弓)의 주인도 저 유엽전(柳葉箭)의 희생자도
호시, 편전, 화전, 철전, 철퇴, 쇠도리깨의 희생자들도
참도, 귀도, 장도, 월도, 협도, 청룡도, 창포검의 명장
들도
죽창, 장창, 기창, 삼지창, 화승포, 대포의 명수들도
남소령기, 홍소령기, 독전기 휘두르던 시대의 영웅들도
무(武)에서 무(無)로 돌아갔다

무(武)에서 무(無)로 돌아갔으나, 그 시대의 예리한 걸
작들은 진열장 밖의 사람을 보고도 살의를 번득인다, 사
람의 손을 빌려 진화와 진화를 거듭할 뿐, 소멸을 모르는

무기들은

　첨단이 첨단을 누르고 결국엔 인간보다 길고 높은 곳까지, 새로운 무기들의 무덤을 확장시키고 있다

　피를 지닌 사람은 소멸의 길로

　거추장스러운 피도 썩어야 할 정신도 물려받지 못한 채,

　무기들의 무덤 밖에선 오늘의 풀잎들이

　오늘의 햇볕과 바람에 나부끼고 있다

토마토 다섯 알

　토마토 다섯 알을 땄다 올여름이 베푼 첫 열매다 예쁘다, 토마토는 더디게 익는다, 느릿느릿 익어 가는 열매가 못 말리게 예뻐서, 애가 달아서 땄다 탱탱하고 싱싱한 토마토 다섯 알, 라스베가스에서 백 불을 땄을 때보다 기분이 좋다, 토마토 다섯 알로 무얼 하지, 부족을 깨우치기 전에 충만을 깨닫게 해 준 토마토 다섯 알, 갓난이처럼 씻겨서 채반에 앉혔다 작은 채반에 담긴 토마토 다섯 알, 이리저리 고개를 돌리며 투덜거린다 부족하고 부족한 나는 토마토 다섯 알의 눈치를 보게 된다, 토마토들은 나보다 숫자가 많다 부족하고 부족한 나는 토마토 다섯 알을 먹기 전에, 내 손 안에 무기 없음을 먼저 펼쳐 보인다

붉고나

간질간질한 비에도 숨구멍이 열려서
지렁이, 지렁이, 나왔네
젖은 흙 위를 기지개 켜면서
상쾌한 세상 구경
한 뼘 두 뼘 재면서 키 늘이는 재미
눈도 귀도 없지만 다 아는 것 같아
저쪽 가로수
그쪽에 폭신한 새 흙이 있다는 걸

지렁이가 목표 지점에 닿기도 전에
강아지도 나왔네
기는 놈 위에 뛰는 놈
쫄랑쫄랑 뛰다가 지렁이 건드리네
심심해서 흔들어 보는 강아지 발톱에
옆구리 터지는 지렁이
몸 뒤틀며 울부짖네

몸부림치면서 짜내는 내장
흙 먹고 흙 쏟는 슬픔
흙의 오장육부에 실핏줄 숨길 뚫어 주던

뜨겁지만 약하고 물컹한 것

저 뜨거운 뒤틀림
고요해진 후에야 도달할 마른 흙 위

새 밥이 되기 전에 이마를 툭 치는 것

지렁이 피도 붉고나

겨자씨 속의 구월

대낮에도 두 개의 등불을 켜는 방이 있다
검은 회전의자에 한 여자가 묻힌 듯 앉아 있다
무덤인가 무덤이 아니라면 천장에 매달린
두 개의 등불도 검은 회전의자도 한 여자도
겨자씨 속에서 때를 기다리는 내년의 새싹이다

모닥불과 연기 사이로 들락거리는
시계 소리가 규칙적으로
겨자씨 속의 책상 위의 그림자를 향하여
덩굴손을 던지고 있다 겨자씨 속의 여자는
즐겁게 감기면서 감기지 않으려고
모닥불과 연기 사이로 들락날락한다

시계 소리와 시계 소리 사이의 평행선을 따라가던
대학 노트의 줄과 줄 사이의 하얀 길을 따라가던
손그림자가 우뚝 멈춘다, 다른 손이 허공을 날아 수화
기를 든다
기침의 강물 소리, 귓속으로 범람한다

감기 들었나 봐요, 열나고 머리 아파요

일찍 갈게요, 자립의 계단을 오르던 딸의 전화를 받고
어쩌나, 딸이 아프면 엄마도 열나고 머리 아파야 할 텐데
겨자씨 속 여자의 체온은 한 시간이 지나도 멀쩡하다

탯줄이 잘리는 순간
두 몸이 된 자유와 상실의 설움을 동시에 울던
겨자씨 속 여자는 겨울이 오기도 전부터 내복을 입고
있다

세탁기가 운다, 겨자씨 속에서 낡은 세탁기
뚜껑을 열어도 울음을 그치지 않는다
청바지 셋이 가랑이가 얽히고 비비 꼬인 채
세탁조 벽에 붙여 놓은 듯 중심을 비워 두고 있다

세탁조 벽에는 무수한 구멍이 뚫려 있다
푸른 물길은 청바지의 길은 아닌 것이다
옷은 주인이 입어 줘야 겨자씨 밖 구경을 갈 수 있다

밥값, 연장값

내 안, 게으르고 게으른 짐승을 깨워
겨우내 자빠져 자던 곡괭이를 깨워
밥값 좀 하자

겨우내 꽁꽁 얼어 있던 흙
주눅 들어 있던 흙을 살살 달래어
삽 호미 쇠스랑 모조리 꺼내 놓고
보란 듯 씨앗을 넣자

손잡이 노는 삽
자루 부러진 괭이
이빨 휘어진 쇠스랑
모두 시금치 씨앗 넣기에는 과분한 연장들

가진 연장 골고루 펼쳐 자랑하며
연장값 좀 하자

벌레는 못 먹게
새는 못 먹게
손바닥 농장주

나만 먹게

바람이야 불거나 말거나
시금치 씨앗부터 넣자

몸을 굽혀
몸을 굽혀
내 밥값 내 시금치값 한 접시

한 잎 위에 누워

흙에 심어 흙을 먹는 일이네, 농사란
손에도 옷에도 얼굴에도 흙이 묻는 일이네, 농부란

한 잎 위에 오그리고
한 잎만 떼어 주고 안아 온 배추를 생각해야 하는 일이네
한 잎도 놓지 않으려고 거머잡고
한 잎 채 떨어져 나간 배추벌레까지 생각해야 하는 일
이네

내가 먹고사는 일이 그다지 아름답지 않음을 알게 하
는 일이네

누구는 길러서 먹고
누구는 잡아서 먹고
누구는 팔아서 먹고
누구는 구걸해서 먹고
누구는 뺏어서 먹고
누구는 고리로 빌려서 먹는다
모든 경우에 내가 들어 있음을 알게 하는 일이네, 목숨
이란

지키기 위해 이어 가기 위해 더 길게 이어 가기 위해
내 배추밭에 무임승차한 배추흰나비 날개 위로
아득히 투명 그물을 펼치기도 하는 일이네

한 잎 위에 누워
한 잎 더 덮어야 안심이 되는 사람
배춧잎 속 배추벌레를 닮았네

스무 잎 떼어 주고 한 잎 얻어먹는 일이네, 농사란

눈 녹기를 기다려 배추 씨앗을 넣을 때
배추벌레도 같이 눈뜬다는 것을 아는 일이네, 농부란

진달래꽃을 두고 가네

내 발등에 심은 진달래
내 팔꿈치에 심은 개나리
비실비실 끙끙 앓는 소리 달고 살더니
올봄, 나 없는 사나흘 사이에 꽃을 피웠다

고약 같다, 나 없는 사이에 나 보란 듯이
대문 밖, 비탈길 밤나무숲 어귀까지 퍼진 꽃소문
너무 환해 찌푸리며 듣는 꽃소문
나를 붙잡지 않는 꽃웃음
나만 붙잡지 않는 꽃울음

어떻게 알았을까
나는 저 꽃나무들 남겨 두고 서울로 돌아갈 사람
나는 석 달 전부터 저 꽃나무에게 세 든 사람

한 가지 꺾어서 빈 술병에 꽂아 놓고 더 가까이
좀 더 가까이 들여다보고 싶어도,
못 꺾네, 나는 차마 남의 진달래꽃 함부로 못 꺾네

떠나야 할 때 씻은 듯 떠나지 못한 계약에 묶여

꽃도 나무도 텃밭도 집도 먼 산 바라기만 해야 하는 봄

봄 끝에 찾아올 여름
뜨거움 끝에 이어 불어올 단풍잎 바람
뒷산 갈잎 위에 흰 눈 쌓이면 더 아름다워지는 호수 언
저리
나는 차마 호수 언저리 하얀빛 바로 볼 수 없겠네

산비탈 나목 발등에 쌓였던 눈이 다 녹으면
자루 헐거워진 곡괭이를 깨워 다시 텃밭을 일구고
세상모르고 싹 트는 푸성귀 뜯어 먹다가
다음 봄 끝에 다시 여름 오고, 다시 가을 오고, 또 겨울
혹은 덜 마른 갈잎을 밟으며 혹은,
다시 첫눈을 밟으며, 미끌미끌 흔들리며 서울로 가겠네

진달래꽃을 두고 가네
개나리꽃을 두고 가네
내 발등과 내 팔꿈치까지 떼어 놓고 가네
매일매일을 이별에 바쳐야 하는 이 년은 이백 년이라네

제4부

농담처럼

큰 돌 옆에 작은 돌이 붙어 앉아 구름을 보네요

구름은 지나간다 구름은 지나간다 돌은 지나가지 않는
다 내가 저 구름을 붙잡아 줄게

아버지도 그랬지 오빠도 그랬지 나도 그랬지 내가 저 구
름을 잡아 줄게

지키지 못한 약속들은 비로 내리고
비 내리기 직전이면 돌밭은 더 캄캄해지고
내가 저 달을 붙잡아 줄게

큰 돌은 말없이 작은 돌도 말없이 햇볕 아래 말없이 내
가 저 구름을 잡아 줄게

농담처럼 다녀가는 사람들
농담처럼 내리는 비

바람은 지나간다 바람은 지나간다 돌은 지나가지 않는
다 내가 저 모자를 잡아 줄게

가면이 필요한 때

　　사람 많은 선창에서 바다에 빠졌을 때, 나는 아비를 잃었다

　　너 먼저 타고 있어라
　　(명령대로 하였으나
　　나는 그 배를 타지는 못했다)

　　배는 높았고 싼판은 좁고 미끄러웠다

　　선원들은 재촉했다
　　이 배는 어장뱁니다, 여기서 오래 못 세웁니다
　　사람들이 공짜 배로 한꺼번에 몰려들었으므로
　　어린 내가 후들후들 떠밀려서 떨어지게 된 것인데
　　나의 작은 부끄러움이 아비의 큰 부끄러움을 덮는 가면이 되었다

　　바닷물에 빠진 옷은 잘 마르지 않았다

　　괜찮나, 달려와서 일으켜 주지도 못하는 가면
　　한 나라를 멸망시킨 패장 대접, "집에 가라" 손등으로

82

가만히 떠밀던 가면

　한번 붙잡은 가면을 놓지 않은 덕에 무사히 항해를 마
치고 돌아온 가면

　돌아온 아비는 반갑게 나의 인사를 받았지만
　가면은 나의 용서를 받지 못했다

　(나는 원한 적 없었으나
　문득문득 쳐들어오므로
　나의 용서도 끝이 없어지는 것이다)

　용서, 안방 마루기둥에 붙여 놓은 조각 거울 뜯어서 들
고 오시라
　가면, 다 보이는데 안 보이는 척하는, 투명 망토 찢고
오시라

함박눈 내릴 때마다

희고 부드럽고 힘없는 것들이 가장 날카로울 때가 있다
밟힐수록 단단하게 뭉쳐져서는 거무튀튀 변색되는 눈
그런 복병들 도처에 깔린 살짝 눈길에
하얀 코고무신 신고 비탈길 내려오던 인경 여사
큰 집 작은 집 중간 지점에서 크게 넘어지셨다
안 넘어지려고 한 손으로 버티다가 더 크게 넘어지셨다
왼쪽 손목이 뚝 소리 나게 부러진 데다 어긋나기까지
했는데
변두리 동네 접골원으로 모셔 갔으니
다 나은 다음에도 살짝 휘어진 팔목이 두고두고 보인다
사람마다 휴대폰 가지고 다닐 때도 아니었는데 어쩌자
고
전화도 없는 단칸방 쪽으로 들이닥쳤으니
퉁퉁 부어오르는 팔의 주인 신음 달래며
백일 지난 갓난이를 업고
다급하면 알고 있던 것도 잊어버리게 되는 길 위에서
용케도 자빠지지 않고 찾아왔구나
소동이 가라앉은 다음에도 공보다 과가 큰 쪽으로
다 지난 다음에도 두근두근 되살아나는 그림이다
지금 보이는 게 반의반이라도 그때 보였더라면

탄생

보석의 딸이 아닌 것에, 나는 감사한다
장미를 기대하던 엉겅퀴의 딸인 것에, 더욱 감사한다
나는 엄마의 빗나간 통로였다

내 뿌리로부터 가장 먼 곳에서 내 꽃이여 피어 다오
엄마는 얼마쯤 이루었다, 나는 엄마로부터
언제나 아주 먼 곳에 있다

내 물속 방은 밤낮 미싱 소리 들끓었다
엄마는 내게 장작개비, 나는 엄마에게 불꽃이었다
조산아, 나는 머리칼도 자라기 전에
나만의 우주를 잃었다

식민지…… 십이월…… 저녁 어스름……
아마보다 질긴 풀꽃은, 모시풀을 끓여 먹는 식민지로
피에 젖은 꽃대를 밀어 올렸다

뒷산 소태나무가 나의 유모였다
젖의 달콤함을 알기 전에 소태나무 즙을 먼저 삼킨 자
미싱을 멀리했다

롱롱 파이프

할아버지는 담뱃대로 잎담배를 비벼서 피우셨다
긴 담뱃대 끝 불함지에 잎담배를 꽁꽁 다져 넣고
마루 아래 놋화로에서 잿불을 뒤적거려
담뱃불을 붙이곤 했다

할아버지는 눈뜬장님
할아버지 담뱃대는 롱롱 파이프

어느 날 할아버지는 눈을 감고 담배를 피우시다
잎담배 대신 조그만 고모를 불함지에 눌러 넣었다
기분 좋게 담뱃불을 붙여 빨아들이자
연기 대신 조그만 고모가
할아버지 목구멍으로 넘어갔다

할아버지는 목에 걸린 고모를
칵칵 소리 내어 뱉었다

할아버지는 눈뜬장님
할아버지 담뱃대는 롱롱 파이프

난데없이 마당에 떨어진 고모를 안고
할머니는 술도가로 달려가서 큰 독 속에 숨었다
갓 빚은 술이 가득 들어 있는 깊은 항아리
술독에서 건진 할머니는 반신불수가 되었고 할아버지는
할머니의 대소변 받아 내며 롱롱 파이프를 피웠다

어느 여름 아주 조그만 나는 고모 집에서 자고
혼자 할아버지 집으로 갔다, 억수 소나기를 뚫고
큰 내를 건넜다, 쌍무덤 도깨비를 꽁무니에 달고
산유골 고개를 뛰어넘었다 할아버지는 마루 끝에서
혼자 롱롱 파이프를 피우시다, "할바시"
젖은 창호지 같은 내 목소리에 놀라 또 한 번 고모를 뱉
었다

그날 할아버지가 고모 뱉는 소리는 어떤 천둥소리보다
컸다

눈 좀 떠 봐요

　뼈도 그럴 거야, 한 여자의 살 속에서 팔십 년 이상 버티
다 보면, 아무리 어머니 뼈라도 그럴 거야, 공짜로 태워 준
시내버스가 다리 떨려 내리기도 전에 출발해 버리면, 고
독 고독 버텨 온 늙은 뼈라도 그럴 거야, 맥없이 부서져서
라도 보여 주고 싶은 무엇인가가 있었을 거야. 구멍투성이
단면이라도 열어서 말없이 말하고 싶었을 거야

　오늘 밤, 붉은 네온 십자가보다 높은 곳에서, 더 높은 허
공을 더듬는 손, 저 한 손 저 나머지 한 손으로, 어딘가로
끌고 가려는 힘센 손을 뿌리치는 중인지, 무엇을 더 붙잡
지 못해 헤매는 중인지, 희멀건 벽면에 흔들리고 있는 손
그림자, 찰과상으로 으깨지고 멍든 손등에 아슬아슬하게
꽂혀 있는 주삿바늘 연결된 비닐관으로 느리게 느리게 흘
러들고 있는, 누군가의

가죽

내 증조할머니
산유골 일구실 때
보름달 떠오를 때마다 큰 나무통에 김 오르는 쌀밥을
담아
정지 뒷문 밖에다 내어놓고 돌아, 돌아,
아이들 놀랠라, 살째기 와서 묵고 가거라
대숲을 향해 소곤소곤 부르면
어흥 소리 나직하게 내며
나타났다는 호랑이

쫓기고 쫓겨서 내 어머니 배 속으로 들어갔는지

어머니 어느 날 내게 고백하시기를
네 넋은 집채만 한 불호랭이였다
니는 바로 그 집에서 났다

그 후론 잠결에도 내 가죽을 쓸어 본다

말 이야기

세상에 伯樂이 있고, 그런 다음에 千里馬가 있다. 천리마
는 항상 있으나, 백락은 항상 있지 않다. 그러므로 비록 명마
가 있다 하나, 다만 노예인의 손에 욕되게 하며, 마구간에서
변사하니, 천리마라 일컫지 못한다.

—韓退之, 「馬說」

　　말로 태어나서, 멀쩡한 사지를 갖고도 천 리를 달려 보
지 못했다. 나는 백락을 찾아다녔다. 잡설(雜說)로부터 일
천이백여 년 마셔 온 강물을 따라 일천 리를 걸어가니, 백
락이라는 사람이 있었다. 동쪽 창밖에 크고 아름다운 호
수가 보이는 찻집에 그가 있었다. 백락! 나는 설레는 마
음에 앞발을 번쩍 치켜들고 히잉히잉 울었다. 뜻하지 않
은 곳에서 말 울음소리를 들은 백락이 밖으로 나왔으나,
고개를 저었다. 가는 데 일 년, 오는 데 일 년 걸리는 일천
리 길을 세 번 찾아가서 발굽이 빠지도록 울었으나, 나는
백락이 아니라거나, 나는 백락이지만 아무 천리마나 받지
않는다거나, 하는 말은 하지 않았다. 마지막 강물을 따라
내려오며, 늙고 병든 암말의 부스스한 갈기가 물결에 흔
들리고 있는 것을 보았다. 나는 병든 암말을 강물에 떠밀
어 죽이고, 밤톨만 한 망아지 속으로 들어갔다. 병든 암말
이 살던 마구간을 등지고, 백락을 찾아 달리기 시작했다.
아무리 작아도 나는 말이니 달리다 죽기로 했다. 백락 앞

에서 마구간 앞까지, 일 년이 걸리던 길이 열 달 여덟 달 여섯 달 두 달 한 달 열흘 닷새 하루로 줄어들었다. 밤톨만 하던 나는 점점 자라서 망아지가 되었다. 백락은 저만치서 이따금 고개를 끄떡일 뿐, 내가 바로 백락이라거나, 너는 천리마가 될 것이라거나 하는 말은 여전히 하지 않았다. 나는 무릎이 꺾일 것이 두려워서 달리지 못하던 말이었다. 백락이 그것을 알게 했다.

탈춤

얼굴 밖에 얼굴을 쓰고
마음 밖에 마음을 쓰고
손 풀어라 발 풀어라 바람머리 풀어라

이 탈 저 탈 속탈 까탈
스무 살 적 종이탈
서른 살 적 참박탈
마흔 쉰에 나무탈
설왕설래 사설탈
청실홍실 매듭탈

소고를 쳐라 장고를 쳐라
공주섬 허리에 파도 들었다
보디섬 물목에 갈매기 들었다
불에도 물에도 내가 들었다

내 탈 벗어 글에 주고
네 탈 벗어 길에 주고
닻 들어라 돛 달아라 사랑머리 들어라

육친

절하는 사람이
절 안 하던 사람
경 읽는 사람이 경 안 읽던 사람

어머니가 기뻐한다면
어떤 우상엔들 무릎 꿇지 못하랴

몸이 몸을 주었으니

나의 어머니로 사시다
재가 되어 편백나무 숲으로 갔다
나의 어머니로 사시기 전의 숲에서
곧고 굵은 편백나무가 일어서고 있다

썩기 전에 불에 들어
물은 물로
흙은 흙으로

다홍치마 노랑저고리가 낡기 전에
바람 속의 공기로 흩어져 버린다

용서하지 마라, 각자도생

　—

　　고마리 옆에 개여뀌
　　개여뀌 옆에 쇠무릎
　　쇠무릎 옆에 닭의장풀
　　닭의장풀 옆에 등골나물
　　향기도 빛깔도 소소한 소문자들끼리
　　푸하푸하 햇살 깨우는 오솔길

　　상수리나무 같던 아버지
　　칡꽃 같던 어머니
　　언니도 동생도 오빠도 수저 소리 섞으며 자랐지
　　할머니 할아버지가 가장 먼저 손 들고 등골나물꽃 같은
별이 되었지

　　용서하지 마라, 각자도생(各自圖生)!!
　　고마리도 개여뀌도 쇠무릎도 닭의장풀도 무리 지어 서
로를 보듬고 사는 것

　　핏줄 안의 피
　　핏줄 안의 피 한 방울
　—　핏줄을 벗어날 때까지 식지 않게 서로를 기대고 붙잡고

가는 것

무화과나무

입은 많은데 너무 조그만 무화과나무
초록 손바닥 펼칠 때마다 초록 젖꼭지 돋아났지
학교에서 돌아오니 하늘 뿌리 환해진 빈자리
빼빼 마른 무화과나무 대신 잘 익은 무화과 한 소쿠리
마루 가운데 있었다

역류를 일삼다 돌아오지 못한 물고기 비늘처럼
빛 속에서 반짝이는 생나무 부스러기들

옆집 처마와 우리 처마 사이
비 오면 주룩주룩 낙숫물 튀어 오르던 자리
무화과나무 팔 벌리고 살기에는 한참 비좁았지
거름도 햇빛도 위로도 전할 수 없는 곳
나만 도망 왔지
잘 익은 무화과 한 상자 사 들고 엘리베이터를 탔지

꽃을 씹을 때마다 꽃밭이 사라지는 이상한
무화과나무

콩의 자식들

사탕을 왜 지냅니까, 순두부가 물었다
사탕을 왜 지내다니, 생두부가 물었다
콩나물과 비지와 콩자반은
피야, 피야, 떠들며 고도리만 쳤다
아버지 사탕에 어머니 사탕을 왜 합칩니까,
덜 끓은 청국장이 물었다
아버지 사탕에 어머니 사탕을 왜 못 합치니,
눅은 된장이 물었다
질문 중에 투다다닥 콩깍지가 터져
웅기중기 음복했다
사탕을 제사로 바꾼다

허리 고마운 줄 몰랐다

다친 짐승이다 건드리지 마라

내 손으로 내 발톱 깎을 수 없는 날이 벼락같이 왔네

다쳐 보니 알겠다 시도 허리로 쓴다는 것을

수저도 허리로 들고
응가도 허리로 하고
세수도 허리로 하고
양말도 허리로 신고
절도 허리로 하고
웃는 일도 재채기도 허리로 하고
발톱도 허리로 깎는다는 것을

직립이면 다 되는 줄 알았다
허리 고마운 줄을 몰랐다
굽힐 줄을 몰랐다

딸이 깎아 주는 발톱 끝에 핏방울이 맺힌다
그 발톱 내가 깎을 때도 종종 그랬다

소독약 발라 주며, 다음엔 더 섬세하게 깎아 드릴게요

얼마나 긴장하면, 저 아이의 허리와 발끝이 둥근 지구
를 그린다

피와 뼈와 살이 한 몸 이루며 지내다가

자라 오를수록 나누어지며 억세고 못난 발톱으로 굳어
지는 것

거칠어지는 끝을 때맞춰 가다듬어 주는 일

작은 일일수록 섬세하게 허리를 써야 한다는 걸

이제라도 아는 것

집

돌아갈 곳이 있을 때 멀리까지 가 보자

걱정해 줄 사람이 있을 때 더 멀리까지 가 보자

비에 젖고 바람에 상한 날개를 끌고

산을 넘어
산을 넘어

강을 건너고
바다를 건너

나를 찾아
돌아오네

제5부

물고기 풍경

누가 누구에 매달려 누구를 쫓아야 한다면
이미 노역이다, 자유여

새야 앉지 마라
새야 앉지 마라
단청 높은 처마 끝에 매달린 구리 물고기
드높은 발굽 속
쇠로 쇠 치는 소리

바람이 불면 바람의 반대쪽으로
쇳소리 흘리는
성층권 밖 물고기
변죽 울리는 소리

누군가는 노래라
누군가는 춤이라
누군가는 울음이라

풍경은 맑은 내용조차 쌓아 두지 않음으로
허공을 살린다

별이 보고 싶다

율(律)이 밤일 때 눈을 떴다
낯선 두근거림으로 넝쿨이 자란다

깊은 내 안에서 숨 쉬고 있는 누군가
이름을 주기 전부터 같은 율을 타고 있는 누군가
젖지 않은 율로 하모니를 만드는 누군가

불타는 율을 끌며 혜성으로 사라지는 광경이
아름다워서 떨었다, 또 다른 율이 숨바꼭질로 연달아
또 다른 율을 태어나게 하였으므로

헝클어지며 출렁거리며 내려오는 넝쿨 도르래
젖은 율을 말리며 걸터앉아 부르는 노래

모두 가난하였으나 자연 그대로의 율은
서로 공명하며 우주 율을 연결해 놓는다

율의 인드라망 모두 재 되기 전에 말 걸어 보자
소리 내어 부탁하지 않아도 새로운 율들 태어나지만
태어나는 율이 한꺼번에 사라진다 해도

우주 안의 율은 변함이 없다

그때까지의 카오스
카오스의 연속

불꽃놀이처럼 포탄이 터지는 전선을 벗어나서
모깃불 연기에 매운 눈물을 훌쩍이며
삶은 감자를 나누어 먹던
피난지 언덕의 별밭

전쟁은 끝났으나 평화는 오래도록 오지 않았다
폐허 위로 인공의 율들 우후죽순 돋아났고
오염되는 속도보다 빠르게, 우주의 율이 죽어 갔다

별이 보고 싶다

세 개의 기타가 있는 마루에서

세 개의 기타가 마루에 있다
기타리스트는 올빼미, 해 뜰 무렵에야 침대에 든다
─울고 싶은데 울고 싶었는데 울고 싶을 것인데
세 개의 기타는 서로를 기대고 마루에 있다

누가 우리를 열어 주지
여자의 연주들은 단순하다
세 개의 기타가 서로 기대고 잠들어 있는 마루
여자의 연주는 도미솔도미솔 더 단순해진다
밥 먹어야지 밥 먹어야지 두드리는
여자의 심벌즈만 때때로 고음을 낸다
바라는 바는 아니지만, 여자의 타악기들은 전부 부엌
용이다

세 개의 기타가 케이스끼리 기대고 잠든 가까이에
여자의 안락의자가 있다, 기다리다 무료하면 티브이를
켠다
─울고 싶은데 울고 싶었는데 울고 싶을 것인데
지구 반대편에서 로데오를 즐기는 목동들과
로데오를 즐기는 목동들을 즐기는 구경꾼들을 켠다

날뛰는 말 등에서 떨어지지 않으려면 어떻게 매달려야
하는가
　머리를 떠난 모자는 풀밭을 어떤 식으로 굴러야 하는가
　먼 풍경 목록 속에 기타리스트의 연주를 포함시킨다

　짧은 잠의 끝, 여자는 또 다른 음악을 고른다
　참새들은 어제와 똑같은 톤으로 나뭇가지들을 고르고
　세 개의 기타는 어제와 똑같은 포즈로 침묵을 연주한다
　아무도 아무것도 자리를 바꾸지 않은 것에 안도하며
　내일의 현으로 뛰게 한다

수수꽃다리

모서리 안이야
네가 제일 좋은 자리야
담장과 대문 사이
낮은 축대 위의 수수꽃다리
키가 쑥쑥 자라
골목 안 사람들이 다 보여

꽃이 피면 온 동네 시선이 너에게로 쏠려
라일락이잖아 냄새 좋네
칭찬받을 땐 덩달아 좋아
동네 사람들 머리 위로
향기의 파라솔

꽃을 물고 꽃 멀미하는 수수꽃다리
늙을수록 제 뿌리에 눌려 빈혈을 앓는다

먹을 수 있는 연한 잎도
시고 단 열매도
가지겠다는 사람도

수저 소리 섞으며 살아온 식군데
뿌리는 그대로 두고 발목만 잘라 주네요

냉이 방울

냉이 방울 만들어서 혼자 놀아 본 아이는 안다
공원 모서리에 혼자 던져져 귀 시린 풀도
방울 하나씩은 지니고 태어난다는 것을
자기 몸 안의 방울 소리 들으며
새로운 꽃대를 밀어 올린다는 것을

분당 율동공원으로 미정이를 데리고 가서
들려주었다
자동차 소리를 밀어내는 냉이 방울 소리
작은 열매끼리 부딪치며 상승하는 생생한 생음악을

초록빛으로 영근 열매 줄기를 꺾어서
열매마다 겨드랑이를 조금씩 찢어 내려서
꼿꼿하던 기상을 뿌리 쪽으로 살짝 기울게 해서
귀에다 대고 살랑살랑 흔들어 주었다

들려요, 들려요, 참 신기하네요
냉이 속에 이렇게 예쁜 방울이 든 줄 몰랐네요

열매가 열매를 스치는 소리

열매가 열매를 떠미는 소리
놓치고 우는 소리 잡으러 가는 소리
작은 소리에 집중하니 큰 소리가 사라진다
귀가 따뜻해진다

깨트릴 수 없는 것

아파트 18층 창밖 난간에
집을 나온 잉꼬 한 마리 앉아 있다
아득한 공중에서도 난간이 필요한 자유

난간을 오그려 잡고 꼬박꼬박 조는 새
문을 미니 문틀을 따라 옆걸음친다
기댈 곳 없는 공중에서도
옆걸음칠 수 있는 자유

나는 저 자유의 적이다

비 오는 날 탈출을 감행한
새와 나 사이의 유리창은
자유의 두께
빤히 보이지만 깨트릴 수 없는

작은 새가 자기 날개 힘만으로 날아올라 온
자유의 높이
빤히 보이지만 뛰어내릴 수 없는

똑같은 두께 똑같은 높이에서 떨며
자유가 부자유를 들여다본다

쌀알을 주어도 외면하는 자유
좁쌀을 내밀어도 도리질하는 자유
자유는 의심이 많다

좀 더 크게 문을 열고
좀 더 가까이 좁쌀을 내밀자
외마디 소리를 지르며 날아가 버린다
자유는 낯선 안이 싫은 것이다

날아온 자유
날아간 자유

아카시아나무에게서 들었다

나무의 귀가 돋아나네요

나무는 귀가 많고 많네요
나무의 말은 모두 들은 말이네요

귀에 든 말을 털어 버리려고
여름 나무는 진저리 칩니다

어쩔 수 없이 옮기는 몇 마디는
어쩔 수 없이 젖은 말입니다

젖은 말에 잡혀서
독버섯의 변명도 들어주는
나무의 하염

봄부터 들은 말이 많고 많아서
몸에 붙은 붉은 귀를 모두 잘라 버리네요

줄기 아래의 물관을 잠그고
선 채로 우주에 든

겨울나무는
귀가
빈
통

차표 있습니다

새벽에 구절리에 내렸습니다, 옛날 일입니다
청량리역에서 출발하는 막차를 타고
구절리 종점에 내려
상원산 등산에 나섰습니다, 옛날 일입니다
구절양장 깊게 파인 와지
송천 냇물에 그림자를 담그고 사는 산들은
길도 희미하고 높았습니다

입산 전, 돌아갈 기차표 한 장 받았습니다
다음 날 출근할 사람들은 날쌘 다람쥐
눈이 오고 있었습니다
갈수록 펑펑 그칠 줄을 몰랐습니다

각자도생 산행에서 혼자 뒤처진 나는
놓친 철로에 남아 있는 온기에 주저앉았습니다

구절리역 철로 끝에 산더미처럼 석탄이 쌓였을 때
구절리행 기차는 지폐 숫자보다 많은 나그네를 날랐습니다
광산 합리화 현수막이 여기저기 펄럭거리던 그때가

구절리역의 가장 빛나는 석양이었습니다

열 손가락에도 못 미치는 손님을 싣고 터덜터덜
송천 둘레를 돌아나가던 비둘기호 기적 소리
그날 그 석양 속에 차표 한 장 있습니다

모든 첫날은 뒤척인다

시계는 가장 먼저 걸어야 할 문제아 취급
벽은 텃새
못과 망치를 놀리며 논다

첨단을 잃은 못은 폐기되고
벽시계는
더 굵고 강한 고리에 달력과
함께 걸린다

모든 지향에는 저항이 따른다

물건들의 위치와 높낮이가 재조립된다
구석마다 우우웅으로 낯익히는 밤이다

이사는 가는 것이 아니라
사사건건 모서리를 맞추며
문턱을 낮추며
오는 것이다

못 하나도 제대로 못 박는 망치

망치는 빠져 있다
망치는 모로 누워 혼자 뜬눈이다
망치 들었던 오른손은 망치에
얼맞은 왼손을 주무르고 있다

낯섦도 고단도 아픔도 한 지붕 아래 잠드는 밤이다

모든 첫날은 뒤척인다

얼굴의 저녁

국도변 노점상
감 파는 노파의 얼굴이
만 원짜리를 지나
천 원짜리도 지나
불 꺼진 문고리를 잡아당길 때,
캄캄한 안에서 "누고?"
기척하는
동전 소리가 있다,
국도변 노점에서
감이라도 팔아야 사는 노파의 발이
"나요!" 던져 놓고
부엌 문턱을 넘는다,
캄캄하던 구멍마다 불이 들어온다,
온종일 방바닥에 붙어 있던 동전 소리가
찌그러진 모를 세우는 것도
이때

수원

길이 길을 부르고
길이 길을 비틀기도 돌려놓기도 하는 곳

수원은 경기도 행정 중심이기도 하지
용인 안성 오산 화성 안양 의왕 한가운데에 있지
바다까지 대부도까지 뻗어 있던 발을 스스로 잘라 버린
중심은 좁지, 중심은 답답하지
중심의 사람들, 중심으로 모여드는 사람들
사람 따라 온갖 탈것들 바퀴를 굴리며 지나가네

광교산 남쪽 비탈 눈이 먼저 녹으면
골짜기마다 굽이치며 깨어나는 먼내 물소리
큰 산맥 한남정맥 넘지 못한 물방울들
내를 둘러 논밭 마을 살리며 살아온 곳

수원(水原)은 수원(水源)이기도 하지
큰 강은 멀어도 실개천은 많아
구름 그림 도란도란 펼쳐 보이는 저수지도 많아

마한 시절 농부나 고구려 매홀 시절 농부나

신라 수성 시절 농부나 고려 수주 시절 농부나
고려 충선왕 시절 수원부 순라군이거나
조선 행궁 시절 가마꾼이거나
수원에 살고 수원을 살리는 것이 물이라는 것을 알았지
사람이라는 것도 알았지

인계로 가로질러 효원공원 한 바퀴
나무는 숲을 그리워하며 가쁜 숨 쉬고
낭만 찾아 나효석 거리 어슬렁거려 보아도
고기 타는 시장기만 자우룩

꽃잎인들 어찌 한자리에 가만히 피겠는가
　그 시절 물은 있는 속을 다 드러내었기에 소리쳐 흐를
수 있었고
　이 시절 물은 아스팔트 보도블록 아래로 숨어 흐르는 것
을

　길이 길을 포개기도 에돌게도 하는 곳
　꽃잎인들 어찌 가만히 앉아서 피겠는가

매탄동 가장 낮은 바닥에 늙은 몸을 누이고
여울이 있었던 거라
매화꽃 흐드러지던 매화여울이 여기 와 있는 거라
더운 기운 훅훅 끼쳐 드는 잡소리들을 아득히 밀어내는
두 줄기 세 줄기 와폭(臥瀑) 같은 매화여울 소리가

현장

그 남자는 오늘도 뜯었다 붙였다 하고 붙일 때보다 뜯
을 때가 더 시끄럽고 벽은 한번 붙였으면 살아야지 제발
좀 그만 뜯어 가라고 울상을 짓는다

한번 잘못 붙으면 두 번 잘못 붙기가 쉽고 삐뚜름한 것
을 그대로 두면 누가 보아도 불편하고 뜯었다 붙였다 할
일이 계속 생긴다

소리가 난다, 소리가 난다, 새집 줄게 헌 집 다오 쇠망
치가 끌을 때리고 나무망치가 타일을 두드리고 기계톱이
각목을 토막토막 내고 콤푸레샤가 바닥과 벽을 울린다

앞문으로 들어온 바람이 먼지를 몰아 뒷문으로 나가다
말고 뒷문으로 들어온 바람과 한판 붙는다, 먼지는 해방
이다 낙장들을 휘젓고 다닌다

산산이 부서져도 반짝이는 것은 유리
눈동자만 남아 자루 속에

못 쓸 것들은 자루 속에, 남은 것들도 자루 속에, 지친

연장들도 자루 속에
　모서리가 펄펄 살아서 올라온 것들이 꼬깃꼬깃해져서
엘리베이터를 탄다

　잘못 붙어 휘었거나 우그러졌어도 발 씻고 돌아갈 통이
있는 몸들은 그래도 괜찮다

나비나사 실종 사건

천장에 꼭 붙어 있었겠죠, 나비나사는
조여 주는 손이 풀어 주는 손이 아닐 때도 달아나지 않
겠죠
사람의 말로 사람의 온도로 쓰다듬어 준 적 없는 부속
하나

어떤 소독약도 어떤 반창고도 대신할 수 없는 나사 하나
찾아 놓고 연락 주세요, 수리공은 떠났네
헤집어 놓고 봉합 못 한 수술대

둘러서서 모두가 지켜보았으나 물건들은 다만 나서서
말하지 않을 뿐이다

천장 가운데 작은 구멍 하나
쥐꼬리처럼 내밀고 있는 전선 두 가닥
천둥을 멈추고 벼락을 막아 줄 절연테이프 감긴

봄비를 부르고 물안개를 펼치고
달과 별을 매달아 줄 구레나룻형 청홍 전선 두 가닥
천장을 떠메고 지붕을 떠메고 날아가거나 통째 주저

앉거나
　휘청휘청 줄사다리를 타고 구름에 실리거나

　올려다보던 시선을 아래로 더, 더, 더 아래로
　무릎을 꿇고, 연골이 닳아 삐걱거리는 노구를 끌며
　침대 바닥 장롱 틈 틈까지 긁어 보아도 당겨 보아도 먼
지뿐일 때
　어둠은 송곳처럼 서서 오더라

　모든 나비는 서랍에 갇히기를 싫어하고
　모든 나비는 강철 핀을 싫어해

　똑같은 나비나사는 없어요, 새 등을 맞춰 놓고 돌아서
는데

　천지사방에서 난반사하는 빛나비 떼, 점, 점, 점,

새벽의 행렬

—

나는 오늘 새벽에, 얼굴을 몽땅 잃었다네
진작부터 깨어 있었으나, 잠의 여운에 젖어
숨 쉬는 자루처럼 바라만 보고 있었다네

내 얼굴에서 떠오르는 내 얼굴들의 행렬을
끝이 보이지 않는 계단을 만들며 떠나는, 투명한 가면
들의 행렬을
어둠의 싹들을 깨우지 않으려고 바라만 보고 있었다네

방관자, 나는 나를 잃으면서도 소리쳐 부를 수도 없었
다네
어둠의 손길은 부드러워 약탈자의 손톱을 느낄 수 없
었고
나는 또 그것들이 무엇인지도 몰랐으니까

나는 오늘 새벽에, 집 떠난 일곱 살짜리처럼 멍청했다네
참새들은 굴뚝 속에서 새벽잠에 빠져 있었고
커튼이 내려진 창문은 뜨는 해에 목이 빠져 있었으니까

—

내 숨 끝에서 부풀어 조금 더 높은 어둠 속으로

지렁이 즙에 어른대는 잔광처럼 빛을 내며 사라져 가는
판박이 가면들의 아슬한 행렬을 향하여, 어디로 가니

나의 무엇이 너희들의 새벽을 겹겹으로 일으켜
어둠에서 어둠으로 떠나보내고 있니? 나는 부르지 않
았다네
그것들의 파편에 묻힐 것이 이별보다 두려웠다네

오늘 새벽, 내 얼굴보다 아끼던 가면을 모두 잃었다네
나는 그것들을 씻기고 도닥거리느라 청춘을 허비했네
새벽의 벽이 무너지고, 주름에 덮인 맨얼굴을, 지금 쓰
다듬고 있네

촛불을 켜 보세요

모래와 조개껍데기
파도와 갈매기
어느 쪽이 더 견고한가

누군가 어둡도록 모래성을 쌓다 갔다

해 뜨는 쪽 해변의 모래와
해 지는 쪽 해변의 모래를 이어 주는
걸음들
풍경을 저울질하듯
한쪽 눈을 열고 한쪽 눈을 닫고 서성서성
일출을 기다리고 있을 때
태양보다 먼저 떠오른 모래성
열 개도 넘는 모래성이 켜졌다

누군가 파도를 끊어
펄펄 끓는 수평선을 끊어
귓불을 스치듯 날고 있는 갈매기들을 끊어
촛불 닮은 고성(古城)들
모래로 성(城)을 쌓고 촛불을 끄지 않은 사람들

돌아서면 흘러내리는 약속
촛불을 다시 켜 보세요

바람에도 파도에도 꺼지지 않는
하얀 조개껍데기 촛불
해가 뜨면 스르륵 흘러내리는 모래알 촛농들

이지러진 성곽에서 흘러내리는 시간들
붙잡아 다시 쌓아 보고 싶을 무렵

기억이 기억하게

불 꺼진 램프와 해그림자
길고 높은 못, 천장 바짝 가는 끈에 매달려 있다
그을음이 생긴 적 없는 램프는 실내장식용이다
가만가만 흔들리는 온도까지 느끼려면 더 다가가야 하
는데
초점을 벗어나면 그림이 달라진다

그 자리 그대로가 아니다
비스듬 열린 문틈으로 빛이 드나든다
조금씩 조금씩 각도를 달리하는 전개
대각선을 비켜서 포개지다 미끄러지다 이어지다 다시
꺾어지는
빛과 그림자놀이
어디서 많이 보았다
모서리와 면을 이어 주는 방식이 낯익다
나 보라고 나에게만 다녀가는 빛
허기와 포만은 같은 것이다

극지의 삼각점
성긴 눈발에도 미끄러지던 것들

해가 가는 만큼 짧아지거나 휘어지거나 부서지거나 어
두워져서 돌아오던 것들
납작해지는 쪽이 편할 때도 있었지
무엇을 더 자라기를 바라지 않는 것

소금과 설탕은 희다
짠 것과 단 것을 알아차리는 혀는 본능이다
돌아보면 언제나 같이 있었다

제6부

지금
—에필로그

'지금'은 언제나 새로 돋는 잎이다

나는 시간 여행자
'지금'이라는 간이역에 있다
역사도 역무원도 벽시계도 철로도 어떤 형상도 보이지
않는다
'지금'이야 명명하는 순간 과거가 되는 간이역
'아니야' 하는 순간 '허공'이라는 '폐역'이 되겠지만
'지금'은 '지금' 이대로 초록빛이다, 모든 탈것들의 간이
역

허공이 다시 뭉쳐져서 또 한 사람을 일으켜 세운다
바닷가에서 놀던 사투리를 못 버려
오해를 사기도 하는 아버지의 딸
그 아이 앞에 자주 머물게 된다
할 수 있다면 얼마간이라도 그 아이 곁에 있어 주고 싶다
나는 너무 많이 헤매었다 어떤 표지판도 지름길도 없었
다
그 아이에게 세 개의 기회 주머니를 주고 싶다
때맞춰 쓸 수 있게, 친절하게 사용법을 가르쳐 주고 싶다

'지금'은 언제나 '현재'
'지금'은 '여기'와 짝이다

이불 하나 요 하나 싣고 서울행 야간열차를 탔지
얼마나 미웠으면 동전 한 닢 던져 주는 사람이 없었지
죽거나 살거나 달아나거나 따지지 않고 깊은 병을 만들
었지
먹이고 씻기고 재우고 입히고 연필도 잘 깎아 주는 엄마
가 되었지
기슭도 없고 부피도 무게도 없는 긴 시점
철새 발자국을 따라가다 비행기도 타 보는 '지금'

'지금' 여기까지 썼을 때 정전이 되네
예고 없이 갑자기 끊어져 버린 전기
전기 하나 끊어지니 원시시대로 먹통 회귀한다

바탕화면에 잔뜩 깔아 놓고 마무리 중이었는데
오늘이 마감일인데, 남은 시간 다섯 시간
마감 안에 넣지 못하면 자동 탈락인데

'지금'은 자비가 없네

'지금' 내가 아무리 발을 동동 굴러 보아야
한 덩어리 한 라인으로 묶어진 공동체 운명 안이다
역린이 허용되지 않는 물결을 골라 탔구나
누구에게나 어디에서나 일어날 수 있는 사건
전기 하나에게 너무 많은 권리를 몰아주고 있는 '지금'

할아버지 댁에 가면 전기가 아예 없었다
나무를 깎아 만든 등잔대가 방바닥 한구석을 차지하고
있었다
조그만 사기 등잔에 석유를 붓고, 심지 끝을 돋우어서 불
을 밝혔다
등잔 밑이 어두웠다
촛불은 제삿날에나 구경하는 사치품이었다
그때의 '지금'과 지금의 '지금'은 얼마나 멀리 떨어져 있
는가

'지금'도 전기 안 들어오네
벌써 세 시간째

남은 시간 네 시간

읍내 집에서도 자주 정전이었다
토막 초를 얻어 두었다 빌린 책을 읽었다
내 귀는 불 꺼라 불 꺼라 잔소리를 달고 살았다
앞 머리카락도 눈썹도 콧구멍도 그을음을 달고 살았다
밤이 그렇게 길었다
그때의 '지금'과 지금의 '지금'은 어느 쪽이 더 밝은가

해가 있을 동안은 농사를 지었고
달도 없는 밤이면 자식 농사를 지었다
신화 속의 남녀들은 '지금' 어디에 있는가

시간이며 곳이며 자(尺)며 저울이며 나이며 너이며 아무
것도 아닌 게 되는 '지금'
　정곡은 아니지만, '지금'은 누구에게나 평등하다

지옥에서 천국으로 '지금' 전기가 들어왔네
인터넷이 연결되고 PC가 순한 양처럼
와이파이가 팩스가 프린트가 스캐너가

냉장고가 보온밥통이 전기주전자가 선풍기가 에어컨이
엘리베이터가
  참고 있던 숨을 다시 쉬기 '시작'하네

  '나'를 따라 옮겨 다니는 '지금'이라는 삼각점
  헤아릴 수 없는 '지금'이 산정의 삼각점 앞으로 나를 불
렀다
  '지금'이 산맥을 이루었다
  그 산 그 산맥 그 삼각점들은 '지금' 어디 있는가

  나는 '지금'의 축적이다
  '지금'까지 나를 지탱하게 해 준 신발들
  잠시라도 비루하지 않았다는 그런 반짝임
  등산화 두 짝을 엎어 놓고
  바닥을 들여다보면 보인다

  '지금'이란 어디에도 누구의 눈에도 보이지 않는 말뚝일
뿐인데
  '지금'은 언제나 에누리가 없었다

'지금'은 언제나 새로 돋아나는 잎이다
'지금' 방금 떨어져 버린 초록 잎들은 어디 있는가

실존의 건축술

고봉준(문학평론가)

이향지 시집 『야생』은 두 개의 문(門)과 여섯 개의 방(房)으로 이루어져 있다. 여기서 말하는 두 개의 문은 제1부(프롤로그)와 제6부(에필로그)를 가리키는데, 그것들은 '야생'이라는 세계의 입구와 출구이다. 일반적으로 시집에는 별도의 입구나 출구가 존재하지 않는다. 시집의 첫 페이지부터 읽는 것이 관례이지만, 아무 곳이나 펼쳐서 읽어도, 극단적으로는 맨 끝에서부터 읽어도 텍스트 이해에 전혀 문제가 없다. 반면 시인이 한 권의 시집을 건축적인 형태로 구성했을 때, 가령 별도의 입구와 출구를 마련해 두었을 때 사정은 달라진다. 그것은 이 공간적 배치를 유념하여 읽어 달라는 완곡한 요청이기 때문이다. 이 글이 입구(프롤로그)에서 시작해 출구(에필로그)로 끝나는 방식을 취하고 있는 이유가 여기 있다.

1.

'야생'의 세계의 입구(프롤로그)에는 하나의 문장이 방문객을 기다리고 있다. "쓴다 이것이 나의 병입니다"라는 문장이 그것이다. 이것은 실존적인 방식으로 내려진 '시(詩)'에 관한 정의이다. '시=병'이라는 특유의 등식에 따르면 시를 쓰는 일은 곧 시를 앓는 일이기도 하다. 그렇다면 시인은 왜, 언제부터, 어떤 계기로 이러한 사유에 도달하게 되었을까? 「부족하나 불평 없기─프롤로그」는 이러한 물음에 대한 응답으로 읽어도 좋을 듯하다. 이향지 시인은 1989년 마흔일곱이라는 늦은 나이로 등단했다. 등단 이전 오랫동안 시를 썼으나 여러 가지 현실적인 이유로 인해 시를 쓰지 않고 살았다. 이 공백, 그리고 여전히 자신의 내부에 존재하고 있는 시에 대한 열정을 시인은 "쓰다 만 시 살다 만 사람 먹다 만 밥 울다 만 울음 돌려주지 못한 나의 병이 있습니다"라는 진술처럼 미완(未完)의 상태라고 표현한다.

이 시의 전반부에서 우리가 주목해야 할 것은 '틈'과 '갈증'이라는 시어, 그리고 "한 번도 소리 내어 인사한 적 없는 나의 병 있는 곳을 벼락처럼 깨닫습니다"라는 진술이다. 알다시피 '틈'이란 일종의 사이-공간으로서 안정적인 상태에 생긴 균열과 같은 것이다. 실제로 시는 일상적인 것의 여백 혹은 틈에서 시작된다. 시인은 이 '틈'에서 자신의 '병'이 '밤'처럼 깊어졌다고 진술하고 있는데, 그것은 새로운 삶에 대한 실존적 '갈증'으로 인해 노동하는 일상의 질서를 뚫고 급작스럽게 도래했다고 이해된다. 시인은 이러한 과정을 통해 자신에게 도래한 '병'에게 '자유'를 주려 한다. 이때의 '자유'는 "내 입에 맞지 않으면 본 척도 들은 척도 않을" "혹독한 자유"라는 진술처럼 철저하게 '나'의 실존적 층위에서 판단되는 것이며, 시인은 그것을 통해 "돌려 드려도 돌려받을 수 없는 시간 속으로 얽힌 실타래째 돌아"간다. 이것은 현실-시간에서 벗어나 실존-시간을 사는 것이라고 읽을 수 있다.

　　또 있습니다 구구단을 왜 잊어버립니까 애써 불러내지
　않아도 술술 나오는 구구단
　　눈 감고도 불러 줄 수 있던 나의 주소 나의 이름 나의 전
　화번호 나의 주민등록번호 들이 한꺼번에 나를 부정하던 순
　간을
　　부정당하고 있는 나의 강도 맞은 듯한 정체성에 대하여
　나의 입은 왜 계속 어어 소리만 질러 댔는지
　　아무 조치도 해 주지 않는 방관자들에 대하여
　　용서받아야 할 자가 왜 또다시 나여야 했는지
　　내가 나를 다시 찾아 들고 내가 정말 나인가 묻고 또 묻
　고 있는 이것이 여전한 나의 병입니다
　　　　　　　　　　─「부족하나 불평 없기를─프롤로그」부분

프롤로그의 후반부에서 우리가 주목해야 할 것은 "부정당하고 있는 나의 강도 맞은 듯한 정체성"이나 "내가 나를 다시 찾아 들고 내가 정말 나인가 묻고 또 묻고 있는 이것

이 여전한 나의 병"이라는 진술이다. 이향지에게 '시'는 자기 존재의 증명, 즉 '정체성'을 확인하는 문제와 연결되어 있다. 위의 진술에 따르면 '시'가 '병'인 까닭은 아무리 반복해서 물어도 이 질문에 대한 완결된, 최종적인 해답을 찾을 수가 없기 때문이다. 시인에게 '시'는 자신에 대해, 자신의 삶과 정체성에 대해 반복적으로 질문하는 행위이다. 페넬로페가 수의를 짜고 푸는 행위를 반복함으로써 오디세우스의 부재를 견뎠듯이, 시인은 응답 불가능한 물음을 반복함으로써 자신의 실존적 삶을 살아온 것이다. 이 시에서 시인은 정체성이 부정당하는 경험을 "나의 주소 나의 이름 나의 전화번호 나의 주민등록번호 들이 한꺼번에 나를 부정하던 순간"과 연결 짓고 있다. 하지만 이향지의 시에서 존재의 부정, 혹은 정체성의 상실은 단순한 '망각'으로 환원되지 않는다. 가령 다음의 시를 살펴보자.

> 나의 이름이 나를 모른다고 하므로
> 나의 가족이 나를 모른다고 하므로
> 내 가죽을 찢어서라도 나를 좀 찾아 주시우
> 막대기 하나가 훼손된 바코드
> 이 참담한
> 불변
>
> 해가 져도 다리 뻗고 누울 곳이 없네
> 캄캄한 나뭇잎 한 장 오그려 덮고

온몸을 비틀어 짜서 얻은 독을 전신에 바르지
내 독은 다행히 무척 맑고 뜨겁고
식을수록 카랑카랑 내 눈에만 보이지
막대기 하나가 훼손된 바코드

기억은 파도 속으로 또 다른 파도를 밀어 넣고
속수무책 그 파도를 전신으로 넘었네

바코드가 무엇인지 모를 때의 어머니
좁고 캄캄한 화물선 속으로 내 이마를 밀어 넣었지
부두에 닿을 때까지 이마를 짓찧으며 구토를 했지
그 밤 그렇게 아낀 뱃삯으로 골뱅이 파마를 풀었지
막대기 하나가 훼손된 주홍 바코드

유일한 증인인 어머니도 돌아가시고
나조차 나를 모른다고 하네

나는 누구이며
어디로 가는 중이었을까
나의 국적 나의 모국어는
무엇에 소용되는 바코드인가
                              —「백 년 동안의 고독」부분

이향지의 시는 '나'를 중심으로 전개된다. 그리고 그녀의 시에서 실존은 정체성의 확인이라는 문제와 이어져 있다. 흥미로운 것은 정체성을 확인하려는 시인의 의지가 '실종'이나 '부재' 같은 결핍을 통해 표현된다는 점이다. 이 시의 주요한 모티프는 "막대기 하나가 훼손된 바코드"이다. 그것은 완전한 파괴와 달리 부분적인 훼손 상태이지만 스캐너로 제대로 판독할 수 없다는 점에서 정체성 상실을 호소하는 시인의 실존적 상황과 일맥상통한다. "나의 이름이 나를 모른다고 하므로/나의 가족이 나를 모른다고 하므로"라는 진술에 등장하는 '이름'과 '가족' 또한 한 존재의 정체성을 파악할 때 중요한 근거가 되는 것들이다. 알다시피 국적, 언어, 주민등록번호, 이름, 가족관계, 혈액형 등은 '나'의 정체성을 확인하는 중요한 기준들이다. 그런데 시인은 지금 그것들이 자신의 존재를 부정하고 있다고, 그리하여 자신의 정체성을 인식할 수 없는 상태라고 호소하고 있다. 이 시의 표제에 등장하는 '고독'은 이러한 시인의 내면 상태를 표현하는 기호인데, 시인은 '독(獨)'과 '독(毒)'의 동음이의어를 활용하여 그 감정을 낯선 방식으로 제시하고 있는 것이다. 따라서 시인의 고독은 "나는 누구이며/어디로 가는 중이었을까"라는 물음의 주변을 반복적으로 맴돌 수밖에 없다.

2.

이향지의 이번 시집에는 네 개의 방이 존재한다. 그것들 가운데 세 번째 방(제4부)에는 가족에 관한 이야기가 집중적으로 배치되어 있다. 지금까지 시인은 가족에 대해 매우 암시적인 방식으로만 언급해 왔다. 이전에 출간한 다섯 권의 시집 가운데 앞의 네 권에서는 가족사를 구체적으로 언급한 작품이 매우 드물었고, 다섯 번째 시집에 이르러서야 비로소 가족 이야기가 등장하는 작품들이 종종 발견되기 시작했다. 이는 첫 시집을 가족이나 유년의 세계로 채우는 관행, 그리고 자신의 '일상'을 가족 이야기에 대한 직설적 진술로 표현하는 방식과는 분명하게 대조된다. 그 결과 이향지의 시는 주로 여행, 자연, 생태, 여성 등의 키워드를 중심으로 해석되어 왔다. 이러한 사실을 감안하면 시집 『야생』에 '가족'에 관한 이야기가 전면화되고 있다는 사실은 주목할 부분이다.

> 세상에 伯樂이 있고, 그런 다음에 千里馬가 있다. 천리마는 항상 있으나, 백락은 항상 있지 않다. 그러므로 비록 명마가 있다 하나, 다만 노예인의 손에 욕되게 하며, 마구간에서 변사하니, 천리마라 일컫지 못한다.
>
> ―韓退之, 「馬說」

말로 태어나서, 멀쩡한 사지를 갖고도 천 리를 달려 보지 못했다. 나는 백락을 찾아다녔다. 잡설(雜說)로부터 일천이백여 년 마셔 온 강물을 따라 일천 리를 걸어가니, 백락이라는 사람이 있었다. 동쪽 창밖에 크고 아름다운 호수가 보이는 찻집에 그가 있었다. 백락! 나는 설레는 마음에 앞발을 번쩍 치켜들고 히잉히잉 울었다. 뜻하지 않은 곳에서 말 울음소리를 들은 백락이 밖으로 나왔으나, 고개를 저었다. 가는 데 일 년, 오는 데 일 년 걸리는 일천 리 길을 세 번 찾아가서 발굽이 빠지도록 울었으나, 나는 백락이 아니라거나, 나는 백락이지만 아무 천리마나 받지 않는다거나, 하는 말은 하지 않았다. 마지막 강물을 따라 내려오며, 늙고 병든 암말의 부스스한 갈기가 물결에 흔들리고 있는 것을 보았다. 나는 병든 암말을 강물에 떠밀어 죽이고, 밤톨만 한 망아지 속으로 들어갔다. 병든 암말이 살던 마구간을 등지고, 백락을 찾아 달리기 시작했다. 아무리 작아도 나는 말이니 달리다 죽기로 했다. 백락 앞에서 마구간 앞까지, 일 년이 걸리던 길이 열 달 여덟 달 여섯 달 두 달 한 달 열흘 닷새 하루로 줄어들었다. 밤톨만 하던 나는 점점 자라서 망아지가 되었다. 백락은 저만치서 이따금 고개를 끄떡일 뿐, 내가 바로 백락이라거나, 너는 천리마가 될 것이라거나 하는 말은 여전히 하지 않았다. 나는 무릎이 꺾일 것이 두려워서 달리지 못하던 말이었다. 백락이 그것을 알게 했다.

—「말 이야기」 전문

시집의 제4부에는 '가족'이 빈번하게 등장한다. "지키지 못한 약속들"(「농담처럼」)을 남기고 지나간 사람들('아버지', '오빠'), 선창에서 바다에 빠진 어린 '나'를 외면한 '아비'(「가면이 필요한 때」), '장작개비'와 '불꽃'의 관계를 이루고 살아온 '나'와 '엄마'(「탄생」), "담뱃대로 잎담배를 비벼서 피우"시던 '할아버지'와 마당에 떨어진 '고모' 때문에 "갓 빚은 술이 가득 들어 있는 깊은 항아리"에 숨어서 살다가 반신불수가 된 '할머니'(「롱롱 파이프」), 시내버스에서 낙상하여 골절상을 당한 '어머니'(「눈 좀 떠 봐요」), '호랑이'를 매개로 '할머니-어머니-나'로 연결되는 여성적 계보(「가죽」), "나의 어머니로 사시다/재가 되어 편백나무 숲"에 잠든 '어머니'(「육친」), "옆집 처마와 우리 처마 사이/비 오면 주룩주룩 낙숫물 튀어 오르던 자리"에 피어 있던 '무화과나무' 등이 그것들이다(「무화과나무」). '정체성'의 문제를 중심으로 작동하는 시인의 실존적 시간은 이처럼 과거, 특히 유년의 기억을 향해 나아간다. 실존의 '시간'은 한 개인의 육체에 차곡차곡 쌓이기 마련이다. 그리고 그때 '시'는 자신의 신체에 새겨진 시간을 반추함으로써 현재에서 그 정당성을 확인하려는 드라마와 같은 것이 되는데 이향지의 시가 유년의 기억, 특히 '가족'을 전면적으로 불러들이는 까닭도 이와 무관하지 않다. 그런데 이향지의 시에서 이 실존의 시간은 결핍, 즉 어긋난 채로 존재한다. 따라서 그녀가 "상수리나무 같던 아버지/칡꽃 같던 어머니/언니도 동생도 오빠도 수저 소리 섞으며 자랐지/할머니 할아버지가 가장 먼저 손 들고 등골나물꽃 같은 별이 되었지"처럼 자신의 유년을 둘러싸고 있는 가족들을 호출할 때조차 그것은 '각자도생(各自圖生)'이라는 부정적 경험을 강조하기 위함이다(「용서하지 마라, 각자도생」). 요컨대 그녀에게 실존적 삶은 어긋난 채로 흘러나온 시간이라고 말할 수 있다.

그렇다면 실존의 시간은 언제부터 어긋난 것일까? 「말이야기」는 그 물음에 관한 하나의 대답이다. 알다시피 백락과 천리마는 당나라의 문호 한유의 『잡설(雜說/馬說)』에 등장하는 존재들이다. 시인은 '천리마는 항상 있으나 백락은 항상 있는 것이 아니다(千里馬常有而伯樂不常有)'라는 구절을 원용하여 글쓰기와 자신의 관계를 실존적 맥락에서 재구성하고 있다. 시인은 1942년 말띠생이다. 따라서 "말로 태어나서, 멀쩡한 사지를 갖고도 천 리를 달려 보지 못했다"라는 진술은 고사(古事)의 일부이면서 시인의 삶을 회고한 내용으로 읽을 수 있다. 이렇게 읽으면 "밤톨만 하던 나는 점점 자라서 망아지가 되었다"나, "병든 암말이 살던 마구간을 등지고, 백락을 찾아 달리기 시작했다"라는 진술과, 유년 시절에 살던 고향에서 "나만 도망 왔지/잘 익은 무화과한 상자 사 들고 엘리베이터를 탔지"(「무화과나무」)라는 진술의 연계점이 드러난다. 그것들은 공통적으로 시인의 성장 과정을 요약하고 있다. 시인은 이런 과정을 통해 스스로에 대해 한 가지 사실을 깨닫는다. 그것은 "나는 무릎이 꺾일 것이 두려워서 달리지 못하던 말이었다"라는 말처럼 자신이 천리마가 되지 못했던 이유가 재능이 아니라 용기가 부족했기 때문이라는 사실이다. 우리의 문맥에서 보면 천리마의 질주는 시를 쓰는 행위라고 말할 수 있다. 결국 「말 이야기」는 백락상마(伯樂相馬)의 고사를 원용하여 시인의 길을 걸어온 삶의 이력을 표현한 것으로 이해된다.

이번 시집에서 '가족'은 이처럼 시인의 정체성 문제와 긴

밀하게 뒤엉킨 상태로 제시된다. 유년을 회고하면서 가족 전체에 관한 기억을 되살려 내는 장면, 조부모에서 시작해 부모, '나'와 형제로 연결되는 가족의 삶에 대해 이야기할 때 그것은 한층 분명해진다. 가족에 대한 이런 집중적인 관심은 일찍이 이향지의 시에서 좀처럼 드러나지 않던 면모이다. 또한 이번 시집에는 실존과의 관계에서 상징적 가치를 지닌 장소라고 말할 수 있는 유년의 '집'과의 연관성이 강조되는 작품들도 다수 등장한다. 가령 「콩의 자식들」에서 시인이 특유의 언어적 상상력을 통해 '순두부-생두부-콩나물-비지-콩자반-청국장-된장-콩깍지'로 연결되는 '콩'의 계보학에 주목할 때 그것은 각자도생의 반대편에 놓이는 "무리 지어 서로를 보듬고 사는 것"이라는 무리의 형상과 흥미로운 연속성을 획득한다(「용서하지 마라, 각자도생」). 또한 그것은 "피와 뼈와 살이 한 몸 이루며 지내다가/자라 오를수록 나누어지며 억세고 못난 발톱으로 굳어지는 것"이라는 진술과 공명한다(「허리 고마운 줄 몰랐다」). 요컨대 이러한 감각의 한편에는 무리를 이루고 있는 집합적 형상이 놓여 있고, 다른 한편에는 그 무리에서 벗어나 각자도생의 방식으로 살아가는 개인, 즉 개체가 위치하고 있는 것이다. 시인은 오랫동안 후자의 길을 걸어왔으나 지금, 정체성과 실존이 문제가 되는 순간에 반복적으로 반대편을 향해 시선을 던지고 있다.

　이러한 인식은 제4부의 마지막에 배치된 "돌아갈 곳이 있을 때 멀리까지 가 보자"라는 진술과도 밀접한 관계가 있

다(「집」). 이향지의 시는 오랫동안 '여행'이라는 테마를 중심
으로 논의되어 왔고, 시인 또한 여행에 상당한 의미를 부여
해 왔다. 이향지 시에서 여행은 단순한 취미가 아니라 '자
연'과 '일상'을 다르게-새롭게 경험하는 감각적인 순간이
다. 그런 점에서 이향지의 시에서 '시'와 '여행' 사이에는 친
연성이 존재한다. 그런데 "돌아갈 곳이 있을 때 멀리까지
가 보자"라는 진술을 참고하면 '여행'은 또한 '집'이 전제될
때에만, 즉 돌아올 곳이 있을 때에만 멀리까지 갈 수 있는
것이라는 판단이 가능하다. '여행'은 지금-이곳의 일상으로
부터 완전히 벗어나는 이탈에의 욕망과 달리 되돌아오는
것을 전제로 한 탈출인 셈이다. 사람들은 흔히 돌아올 곳,
즉 '집'이 없을 때 더욱 먼 곳까지 나아갈 수 있다고 믿는다.
하지만 그것은 오해이다. "나를 찾아/돌아오네"라는 「집」의
마지막 진술처럼 시인은 돌아올 수 있는 '집'이 있을 때 여
행은 한층 먼 곳까지 나아갈 수 있다고 말한다. 이것은 실
존적인 문제에 대해서도 마찬가지이니 이향지의 이번 시집
에 유독 유년과 가족의 세계가 자주 등장하는 것도 이런 맥
락에서 읽을 수 있다.

3.

출렁거린다는 것 대책 없이 후끈 달아오른다는 것

노루는 발이 네 개

154

세어 보는 사이에 사라져 버렸다
고라닌가
강아진가
조팝나무꽃 만개하여 첩첩하니 휘늘어진
꽃가지 사이로 힐끔힐끔 또 한 마리를 이끌고

무인지경을 열고 가듯
꽁무니를 한껏 추켜올리고
사라진
두 마리 쪽으로

사방에서 꽃벽이 우거지더니
마치 아무 일도 없었다는 듯이 저쪽 수풀은 금세 입을 닫
고
이쪽 수풀은 광야처럼 허물어져서는
나그네 쪽은 돌아보지도 않는다

—「야생」 부분

　이향지는 오랫동안 '여행'과 '일상'에 관한 작품을 주로
썼다. 그 가운데 '여행'에 관한 시에는 항상 산, 나무, 꽃 등
자연적 대상이 주로 등장하는데, 이는 그녀가 백두대간을
비롯해 국토 곳곳을 돌아다닌 경험의 자연스러운 산물이라
고 말할 수 있다. 이향지에게 '시'와 '여행'은 별개의 것이 아
니다. 그것은 풍경을 사실적으로 재현하려는 욕망보다는

자신을 지속적으로 일상의 바깥에 놓으려는 시도라는 점에서 유사한 사건이다. 이번 시집의 표제작이기도 한 인용 시는 시인에게 '여행'이 갖는 의미, 왜 그녀가 '자연'에 집중하는가에 대해 분명하게 말해 주고 있다.

시인에게 '자연'은 고정된 대상이 아니라 끊임없이 변화하는 세계이다. 가령 "휘늘어진다는 것 배배 꼬인다는 것 보였다 안 보였다 출렁거린다는 것 대책 없이 후끈 달아오른다는 것"이라는 진술은 시시각각 다양한 형태로 경험되는 자연의 유동성을 암시적으로 표현한 것이다. '발'의 수를 세는 동안에 사라져 버린 '노루', '고라니'인지 '강아지'인지 정체를 확인하기 어려운 혼종적 상태, "저쪽 수풀"로 사라졌다가 "이쪽 수풀"에서 다시 나타나는 '노루'의 모습 등도 모두 이러한 자연의 역동성을 보여 준다. 추측건대 이러한 자연의 유동성을 통해 시인이 강조하려는 바는 자연이 고정적인 세계가 아니라 끊임없이 변화하는 역동적·유동적인 것이라는 것, 따라서 시적인 새로움 또한 자연적 대상을 새로운 감각으로 경험하는 가운데 성취될 수 있다는 것인 듯하다. 이렇게 보면 이향지에게 '여행'과 '자연'과 '시'는 상식적인 감각, 그러니까 일상 특유의 반복을 통해 우리의 신체와 정신에 각인된 상투적인 사고와 감각을 새롭게 갱신하는 계기라는 점에서 일맥상통한다고 말할 수 있다. '여행'의 참다운 의미가 낯선 풍경 안에서 풍경의 타자성을 발견하는 데에 있듯이, '자연'은 고정된 것처럼 보이는 대상에서 새로운 세계를 발견할 수 있을 때 시적으로 유의미한 대상이 된다. 이향지에게 그것을 발견하는 것은 순전히 시의 몫이다.

　　길은 어디에나 없는 편이 가장 좋은 것이며
　　무엇을 보았는가 무엇을 들었는가 무엇을 맡았는가 무엇을 만졌는가 어디로 가던 길이었던가
　　묻지 않아도 다 아는 길은 가지 않는 편이 더 좋은 것이며,
　　부딪쳐서 깨어지면서 피 흘리면서 스스로 아물면서 아는 것

　　첩첩하니 휘늘어진 꽃가지 사이로
　　무릎과 모가지를 몹시 수그리지 않아도 될 탄력만 장착하고 있다면
　　괜찮다
　　어디든, 아무 데서나 축 축 늘어져서 감기는 비단 같은 것만 아니라면
　　노루가 아니어도 괜찮다 고라니가 아니어도 괜찮다
　　강아지라도 괜찮다

　　길들지 않으려고 끝끝내 달아나는
　　생긴 그대로를 풀어놓고 출렁거리고 휘청거리는 한때가
　　필요한 것이다 누구에게나
　　　　　　　　　　　　　　　　　　　—「야생」 부분

그러므로 이것은 '길'이 아니라 '시'에 관한 이야기라고 말할 수 있다. 「콩의 자식들」에서 시인이 '제사'라는 단어가 들어갈 곳에 '사탕'이라는 단어를 배치함으로써 독자의 읽기를 낯설게 만들었듯이, 이 시에서도 '길'은 '시'라는 단어로 바꿔 읽을 때 그 의미가 한층 분명하게 드러난다. 이향지의 시는 새로움을 추구한다. 그녀에게 새로움은 시의 정언명령과 같은 것이다. 시인은 그것을 위해 형태적 변화와 어법의 변화를 마다하지 않으며, 그것은 시적 대상을 상식, 그러니까 습관화된 일상적 감각을 벗어나 새롭게 인식하려는 방향을 향하고 있다. 특유의 유동성을 지닌 '자연'은 시인의 이러한 욕망이 도달한, 아니 발견한 세계이다. 시인에게 '자연'은 정복해야 할 대상이 아니라 결코 완전하게 이해할 수 없는, 따라서 반복적으로 오르내리는 것만이 가능한 존재의 타자성을 표상한다. 다만 반복적으로 오르내린다고 할지라도 '자연'은 그때마다 시인에게 다른 모습으로 경험된다는 점에서 동일성의 반복은 아니다. 이런 점에서 산을 오르는 일의 반복과 일상의 반복은 성격이 전혀 다르다.

「깨트릴 수 없는 것」은 일상적 반복의 부정성이 잘 드러나는 작품이다. 이 시에서 화자는 아파트 18층 창문의 안쪽에서 그 바깥, 즉 "아득한 공중"을 날아다니는 새를 바라보며 "나는 저 자유의 적이다"라고 진술하고 있다. 창문 바깥의 "작은 새"가 날개의 힘만으로 도달한 높이에서 살고 있는 반면 '나'에게는 그 높이를 감당할 능력이 존재하지 않는다는 인식, 그것이 '새'와 '나', '창밖'과 '창 안'의 관계를

"자유가 부자유를 들여다"보는 것으로 경험하게 만든다. 시
인에게 '여행'은 일상이라는 이름의 내부적 세계에서 벗어
나 자신을 '바깥'에 위치시키는 행위인데, 그것은 습관이라
는 이름의 일상적 반복을 부정하고 세계와 대상을 새로운
감각으로 경험하는 시적 인식과 유사한 일이기도 하다. 이
러한 생각이 바로 "길은 어디에나 없는 편이 가장 좋은 것"
이라는 인식을 떠받치고 있다. 일찍이 로버트 프로스트가
「가지 않은 길(The Road not Taken)」을 통해 강조했듯이 새로
움은 아는 길, 그러니까 이미 경험한 익숙한 길을 선택하지
않는 데서 탄생한다. 시인이 "묻지 않아도 다 아는 길은 가
지 않는 편이 더 좋은 것이며,/부딪쳐서 깨어지면서 피 흘
리면서 스스로 아물면서 아는 것"이라고 말할 때 그것은 위
험을 무릅쓰고 길이 아닌 길로 나아가겠다는 다짐으로 읽
어야 한다. 시인은 그 부정의 정신을 "길들지 않으려고 끝
끝내 달아나는/생긴 그대로를 풀어놓고 출렁거리고 휘청
거리는 한때가/필요한 것이다"라는 진술처럼 그것을 '자연'
의 특징으로 간주한다. 하지만 "누구에게나"라는 말처럼 그
것은 '자연'에만 국한되는 것이 아니다. 진정한 의미에서 시
또한 그러한 부정을 통해서만 성립되는 것이기 때문이다.
사정이 이러하다면 "나는 내 몸이 나를 모른다고 할 때까
지/거듭거듭 비밀번호를 바꿀 것이다"처럼(「지나간다」) 변화
에의 의지가 강조되는 일상을 시적인 삶이라고 말할 수도
있을 듯하다.

4.

'야생'의 세계의 출구에도 하나의 문장이 선명하게 새겨져 있다. "'지금'은 언제나 새로 돋는 잎이다"라는 진술이 그것이다(「지금—에필로그」). '지금'이라는 제목이 환기하듯이 이것은 '시간'에 관한 진술이며, '야생'의 시간성을 가리키는 것이기도 하다. 시인은 '지금', 즉 현재를 과거와 미래 사이에 존재하는 선분 위의 한 점이 아니라 "언제나 새로 돋는 잎"처럼 신생과 생성의 시간으로 인식한다. 이 시에서 시인은 "시간 여행자"로 등장한다. 그는 "'지금'이라는 간이역"에 위치하고 있고, 그곳에는 "역사도 역무원도 벽시계도 철로도 어떤 형상도 보이지 않는다". '기차역'에 대한 어떠한 표상도 존재하지 않는다는 것, 그것은 이 여행이 공간적인 의미의 '여행'이 아님을 암시한다. 이 시에서 '지금', 그러니까 시간은 실존의 드라마를 견인하는 동력이다. 그리고 그 드라마에는 "바닷가에서 놀던 사투리를 못 버려/오해를 사기도 하는 아버지의 딸", "이불 하나 요 하나 싣고 서울행 야간열차"를 타고 상경하여 "먹이고 씻기고 재우고 입히고 연필도 잘 깎아 주는 엄마"가 된 존재가 주연(主演)으로 등장한다. 실존적 시간을 따라 재구성되는 이 드라마에서 시간은 한 방향으로 흐르지 않는다. 이는 사건이나 장면이 시간의 선후관계에 따라 등장하지 않는다는 뜻이다. 대신 수많은 '지금들'은 특정한 사건이나 경험에 의지해 재구성되는데, 시인은 그 사건의 하나로 "예고 없이 갑자기 끊어져 버린 전기"를 제시하고 있다.

시간이며 곳이며 자(尺)며 저울이며 나이며 너이며 아무
것도 아닌 게 되는 '지금'
　　정곡은 아니지만, '지금'은 누구에게나 평등하다

　　지옥에서 천국으로 '지금' 전기가 들어왔네
　　인터넷이 연결되고 PC가 순한 양처럼
　　와이파이가 팩스가 프린트가 스캐너가
　　냉장고가 보온밥통이 전기주전자가 선풍기가 에어컨이
엘리베이터가
　　참고 있던 숨을 다시 쉬기 '시작'하네

　　'나'를 따라 옮겨 다니는 '지금'이라는 삼각점
　　헤아릴 수 없는 '지금'이 산정의 삼각점 앞으로 나를 불렀
다
　　'지금'이 산맥을 이루었다
　　그 산 그 산맥 그 삼각점들은 '지금' 어디 있는가

　　나는 '지금'의 축적이다
　　'지금'까지 나를 지탱하게 해 준 신발들
　　잠시라도 비루하지 않았다는 그런 반짝임
　　등산화 두 짝을 엎어 놓고
　　바닥을 들여다보면 보인다

　　'지금'이란 어디에도 누구의 눈에도 보이지 않는 말뚝일

뿐인데

　'지금'은 언제나 에누리가 없었다

　'지금'은 언제나 새로 돋아나는 잎이다
　'지금' 방금 떨어져 버린 초록 잎들은 어디 있는가
—「지금—에필로그」 부분

　'지금-시간'은 실존적 시간이다. 한 인간의 삶은 무수한 '지금'으로 구성되며, 실존의 드라마는 그 '지금들'이 현재, 즉 '지금-시간'으로 다시 떠오르는 존재론적 사건의 연속이라고 말할 수 있다. 물론 여기에 규칙이 없는 것은 아니다. 예고 없이 찾아온 '정전'이라는 일상적 사건이 시인을 "조그만 사기 등잔에 석유를 붓고, 심지 끝을 돋우어서 불을 밝"히던 유년의 할아버지 댁으로, 석유 대신 "토막 초를 얻어 두었다 빌린 책을 읽"던 기억 속의 세계로 데려가는 것이 대표적인 사례이다. 시인은 이러한 시간의 실존적 의미를 "'나'를 따라 옮겨 다니는 '지금'이라는 삼각점"이라고 표현한다. 또한 이것이 바로 "나는 '지금'의 축적이다"라는 진술의 의미이다. 삶이 '지금'의 연속이라는 것, 그리하여 "'지금'은 언제나 새로 돋아나는 잎이다"라는 주장은, 인간의 삶이 결코 '지금'을 벗어나 존재할 수 없다는 사실을 가리킨다. 이러한 '지금'의 시간론은 과거의 '지금'이 현재의 '지금'과 동떨어져 존재하지 않는다는 것, 그리하여 시시때때로 과거의 '지금'이 현재의 '지금'으로 흘러들거나 현재의 '지금'이

지닌 안정성에 균열을 발생시키면서 떠오른다는 것을 알려준다. 이 논리에 따르면 '시'는 결국 과거의 '지금'에서 시작되는 셈이다.

인간의 삶은, 매 순간의 '지금'은, 이미-항상 과거라는 시간의 침입에 무방비로 노출되어 있다. 심리학자 프로이트는 이러한 시간의 귀환 현상을 가리켜 '억압된 것은 반드시 되돌아온다'고 말했다. 프로이트의 말처럼 기억 저편의 '지금들'은 시시때때로 되돌아온다. 그것은 현재의 '지금'이 불러들이는 것처럼 보일 때조차 스스로 되돌아온다. 실존의 시간은 바로 그렇게 흐른다. 과거의 '지금'은 이미-항상 현재의 '지금'으로 도래한다. 이 과거의 '지금'으로 인해 현재의 '지금'은 유의미한 시간이 된다. 인간의 삶에서 이러한 시간의 틈입이 발생하지 않는 '지금'은 거의 존재하지 않는다. 그런 한에서 우리는 "'지금'은 언제나 새로 돋아나는 잎이다"라는 시인의 주장에 동의할 수 있다. 그리고 바로 이것이 시가 실증하는 시간의 존재론이기도 하다. 시는 우리의 삶에서 '지금'이 그 안에 숱한 시간을 응축하고 있음을, 과거의 '지금들'이 솟아나는 계기로 작용하고 있음을 보여준다. 이 가능성이야말로 인간이 현재를 새롭게 감각할 수 있는 근거이기도 하다. 이처럼 시간의 존재론을 통해 '지금'을 새롭게 경험하게 될 때, 시는 동일성의 반복을 치유하는 해독제가 된다. 시인은 시의 이러한 존재론적 위상을 "내가 하루를 사는 동안 너는 천년을 떠돌아 살아 다오"라고 표현한다(「시 11」). 한 개인의 시간은 유한하다. 하지만 시는 그

유한한 시간을 재료로 삼아 항상 새로운 '지금'을 만들어 낸다는 점에서 무한한 시간인 것이다.